落花流水

李大鸣 ／著

东京上海记

文汇出版社

图书在版编目(CIP)数据

落花·流水·东京上海记/李大鸣著. —上海：
文汇出版社,2018.12
 ISBN 978-7-5496-2753-0

Ⅰ.①落… Ⅱ.①李… Ⅲ.①长篇小说-中国-当代
Ⅳ.①I247.5
 中国版本图书馆CIP数据核字(2018)第270083号

落花·流水·东京上海记

著　　者／李大鸣
责任编辑／戴　铮
封面装帧／李　廉

出版发行／文汇出版社
　　　　　上海市威海路755号
　　　　　(邮政编码200041)
经　　销／全国新华书店
排　　版／南京展望文化发展有限公司
印刷装订／启东市人民印刷有限公司
版　　次／2019年2月第1版
印　　次／2019年2月第1次印刷
开　　本／890×1240　1/32
字　　数／130千字
印　　张／5.875

ISBN 978-7-5496-2753-0
定　　价／26.00元

和没有遂愿的祈祷相比，
遂了愿的祈祷更易让人流下泪水。

——特蕾莎修女

摘自《遂了愿的祈祷》(杜鲁门·卡波特著)

人 物 表

叶　丹——生活在东京的华人
陈冬冬——上海人、职员
王先生——上海人、小公司老板
孙女士（又称王太太）——王先生的妻子
黄都云——上海人、小事务所负责人
林道秀——黄都云的助手
孙　亭——孙女士的哥哥
刘作家——生活在上海的作家
章作家——生活在上海的作家
康作家——生活在上海的作家
田先生——生活在东京的华人
铃木先生——生活在东京的日本人
方菲菲——上海人、叶丹的同学
林　丽——上海人、叶丹的同学
齐　正——上海人、职员
刘博士——生活在上海的职员
卫小玲——生活在上海的职员
侯　晨——生活在北京的职员
谢小双——上海人、职员
任编辑——上海人、职员
苗江韵——生活在上海的职员

分社长——生活在上海的职员
山田优——东京的日本小公司老板
陈博士——在东京的中国留学生
严少妇——生活在东京的华人
万佳润——来自中国台湾的东京华人
罗　娇——生活在上海的小公司老板
早　川——东京的日本人职员
高　培——东京的日本人职员
朴老板——首尔的小公司老板
金女孩——朴老板的部下
松　元——东京的日本人

目 录

第一章　无事找事

一、泳池边　/ 001

二、S女作家　/ 003

三、启程　/ 005

四、寻找出版社　/ 008

五、决心　/ 015

六、寻觅　/ 017

七、L女作家　/ 020

八、H女作家和W男作家　/ 025

九、《无聊的后果》　/ 027

第二章　新天地

一、朋友们　/ 031

二、《该结束了》　/ 037

三、H女作家的《麻烦的友情》　/ 038

四、《无聊的后果》出版问世了　/ 042

五、《酷暑的日子》　/ 046

六、饭局　/ 048

七、刘作家和章作家　/ 050

八、康作家　/ 056

第三章　文学类别

一、《爱情迷宫》 / 062

二、富二代老板 / 065

三、《预想未来》 / 070

四、成人女性小说 / 072

第四章　林丽

一、方菲菲和林丽 / 076

二、盗版书的故事 / 078

三、《为情所困》和《走向成熟》 / 082

四、J女作家的《女白领们》 / 083

五、纳博科夫和亨利·米勒 / 086

六、卫小玲 / 090

七、刘编辑和侯晨 / 093

八、养老院 / 098

九、大奖 / 100

十、"诉苦文学" / 102

十一、谢小双 / 104

十二、卡波特 / 106

十三、转向 / 109

第五章　新的征程

一、写作…… / 111

二、任编辑和《真实的景象》 / 118

三、《游戏》和《三个孔》 / 124

四、《真实的景象》的出版和卫小玲的跳槽 / 128

五、升和降 / 131

六、谢小双的故事 / 133

七、谢小双的单位 / 140

第六章 山田的书

一、校阅 / 146

二、出版派对 / 149

三、严少妇 / 152

四、国民党老兵的故事 / 154

五、重逢黄都云和林道秀 / 158

六、三方会议 / 160

七、晚宴 / 165

八、中文通 / 171

尾声

第一章　无事找事

一、泳池边

叶丹清楚地记得,一切都是从那一天开始的。

那时还是上世纪90年代后期,从上海移居日本好多年的叶丹住在东京西部挺僻静的一个住宅区里。

那是东京的深秋季节了,枫树的叶子经过了春天和夏天,变成了它们一生中最美丽的鲜红色,然后在一阵比一阵寒冷的秋风里,片片地飘落在大街小巷、公园、寺院的地上。

那天下午,叶丹坐在东京的一个健康运动中心里。

这是个规模不大的健康运动中心,底下是个大型超市,楼上是健康运动中心。中心里有个室内游泳池,一群群小孩正在几个年轻教练的指导下练习游泳,里面有一个胖胖的小男孩是叶丹的宝贝儿子。

在游泳池前方的上端,有一个类似看台的地方,隔着一层大玻璃窗,里面的人能够眺望下面的游泳池。

叶丹六岁的儿子那时刚开始学游泳,他和泳池中其他小孩一起,在一个年轻男教练的指导下,泡在泳池中练习着最初级的游泳动作。

当时,儿子正上小学一年级,他从小体质一般,比较容易感冒,有时还会发哮喘,让叶丹很是操心。

有人听说了叶丹的担忧,就告诉她,让这样发育期的小孩学习游泳比较好,通过游泳锻炼能帮助增加他的肺活量,从而让他在发育过程中克服哮喘。

叶丹觉得这个建议挺好,比打针吃药强,就给儿子在这个离她家不算太远的健康运动中心报了名,让他在放学之后来这里学习游泳,每周一次,每次一小时。

每个星期三,儿子从小学下课回家后,叶丹就会把他的泳裤泳帽装在包里,领着他来到这里。将他送进泳池后,她就同其他一些孩子的妈妈一起,坐在泳池前的看台,望着碧蓝的泳池和活泼天真的孩子们。

过了一小时,孩子们从泳池出来换好衣服后,她就会领着儿子到一楼的超市买一些日常的食品,娘儿俩手拉着手一起步行回家。

回到家,叶丹还要做晚饭,然后等着丈夫下班回家一起吃饭。

在看台上有一个小时的时间需要消磨,叶丹起先是观看孩子们的训练,有时发发呆,后来觉得这样有些无聊。

在她左右有一些女人,都和她年龄差不多。她们和叶丹一样,看着自家的孩子在底下游泳。可能有些是结伴来的,彼此有些相熟的样子。作为日本的妇女,她们都喜欢轻声细语地聊天,说的也都是一些琐碎的家长里短。

叶丹不参与她们的话题,独自一个人坐着,在一种午后的安逸和倦怠中,她有时会打起瞌睡来。

后来,为了利用一下这段空闲的时间,叶丹到书店里挑选了一本文库版的小说集,日本出的这种文库版的书开面很小,非常适合放在女人的手提包里。

在看台上,她感到无聊的时候就拿出这本书看了起来。

这本书是一个姓S的日本女作家写的。

二、S女作家

S女作家出生长大都在东京,她写的故事也都是以东京为背景。不过,她在几年前就已经去世了。

叶丹发现,她写的小说很前卫,没有落后于时代的感觉,阅读了几页之后就感觉很投入了。应该说,她的小说给叶丹带来的这种代入感和她的生活经历有很大关系。

在上世纪90年代末,普通人还感觉不到互联网时代和全球化的脚步,不过那一切其实已经慢慢开始了。

东京出生的S女作家的家庭中流偏上,父母都是受过良好教育的知识分子,她从小聪慧,因为家境良好,受过很好的音乐教育,父母本想把她培养成一名优秀的音乐家。可是,进入青春期后,她开始偏离天才加淑女的轨道。大约是因为良好的营养造成了荷尔蒙过剩,她不仅反抗父母的种种约束,还放弃了音乐的学习,早早就和男人谈恋爱,还参加了那个年代的学生运动。

经历过了各种折腾之后,她爱上了一个在东京工作的英国男人,并嫁给了他,组成了家庭,生了三个女儿。

她毕竟是一个有理想有抱负的知识女性,没有彻底淹没在相夫教子的家务中,而是开始从事翻译工作。后来,她又写了不少的小说。

叶丹看的这个题为《情事》的小说是S女作家的一篇成名作。

上世纪90年代,正是中国台湾女作家三毛的书在大陆声名大振的时期。三毛的价值观、反叛精神、浪漫的情怀,都深受大陆女知识青年们的追捧。

叶丹也一样,她也很喜爱三毛的散文和游记。

看了S女作家的小说,她觉得小说中的人物和三毛的那种情怀有些相似:都是个性强悍的女性,都在知识分子家庭中长大,都嫁了一个欧洲的白人丈夫。

在此时的上海及中国的其他各大城市里,那些受过高等教育的知识女性在男女关系及性和婚姻等方面的观念有了很大的变化。中国改革开放后,经济的开放和发展也带来了人们观念的开放和变化。

叶丹在这个时候接触到了三毛等女作家的小说。

虽然S女作家的经历和三毛很相似,但区别也是很多的。

S女作家虽然嫁给了一个英国人,却一直生活在东京,还生了几个混血孩子,没有像三毛那样远赴欧洲,陪伴着荷西浪迹天涯。所以,她的小说里没有三毛笔下的种种异国风情,而都是以东京为背景。

S女作家有不同于三毛的冒险,她文字中的女人有着情场上的冒险,和三毛那种对荷西从一而终的爱情观有着很大的不同。

当然,叶丹也知道,写小说的女人都是善于编故事的,她们有时会玩身体写作,有时会在文字中加入自己的幻想。

那天，坐在运动中心的叶丹捧着S女作家的小说，一个人看得津津有味。

尽管只是故事，叶丹却不由得憧憬起故事里的女主人公在东京过的那种生活了，那种生活和大部分东京的日本女人的生活很不相同。就是说，她们玩的圈子不同，不是日本人的圈子，而是在东京的欧美人圈子。女主人公在小说里打交道的男人，爱上的男人，爱上了她的男人们，大部分都是欧美人。

由于受欧美文化的影响很大，S女作家的文字风格和大多数的日本女作家不一样，没有那种阴暗潮湿的感觉，显得阳光和干燥。

看完以后，叶丹特别想找人聊聊这个故事，无奈周围没有这样的人。虽然在上海有几个女朋友和她一样也热爱文学，可是她们都不懂日文。她纵然把这本书带回上海给她们看，她们也都看不懂。

想来想去，她产生了一个念头：把这个她所喜爱的S女作家的小说翻译成中文。

三、启　程

叶丹觉得自己的中文资质不差，当年，她属于早慧的小孩，小时候念了小学一年级就认了常用的多数汉字，从小学二年级开始就阅读长篇小说了。然后几十年里她一直保持着对文学艺术的热爱，起码应该算是女文青一类。

至于日文，因为她来日本也有不少年了，还进过东京的学校，阅读能力和理解能力都不算差。

至于时间的问题,她盘算过,照顾家庭、教育孩子当然是第一位的,可是空闲的时间还是有的。

就这样,在某一个冬日阳光灿烂的上午,叶丹坐在静悄悄的家中客厅的圆桌边。没有人会打扰她,丈夫已经去公司上班了,儿子也去上学了。

她在寂静的环境里,翻开了一本从文具店里买来的练习本,拿着一支圆珠笔,还准备了一本厚厚的日文大词典,最重要的当然是那本S女士的小说,她从第一页开始,一字一句试着翻译起来。

这件事其实进行得很顺利,关键是叶丹这个女人喜欢这项工作,她不是单纯喜欢翻译这项工作,而是喜欢S女作家的这篇小说,喜欢用中文一字一句地置换S女作家小说中的日文的过程。

其实也有点儿像一个裁缝获得了一块非常漂亮的布料,动手把这块布料做成一件时尚的衣服时,他会产生很兴奋的感觉。

如果说一个作家的小说是用心来写的话,读者阅读他的作品就等于在阅读他的心灵;而翻译他的作品又和阅读有所不同,翻译不可能像阅读那样地一看而过。翻译时要逐字逐句地推敲思索,这样,翻译者和作者的心灵比读者和作者靠得更近。

叶丹是一个做事认真的人,她很敬仰这位已经不在世的S女作家。翻译虽然费脑子,她却很享受通过一字一句来靠近作者心灵的过程。作者笔下的山、海、落日、俊男、美女、别墅边露天的下午英式茶……都在叶丹愉悦的笔触中转换成一行行中文。

叶丹体会到,中文拥有着一个几千年流传下来的庞大的词汇宝库,她可以随意地选择和使用,各种意思都能够充分地得到表达。

有两个原因,使叶丹选择了这篇名为《情事》的小说。

首先,对于她来说,这篇小说让她看了有一种"代入感"。

所谓的"代入感",其实就是一种精神上的寄托感吧。这个词汇其实也是新时代才有的。有点像一个年轻女子在看一本恋爱小说时不由自主地把自己的恋爱经历叠印在小说女主人公的故事中,或者是从无恋爱经验的一个女子在看恋爱小说时憧憬着将来自己也能有个理想的男人,对方能像小说里的男人追求女主人公一样一根筋死追自己。

其实追星族也好,粉丝也罢,他们心里都有这种"代入感"在作祟。

在这篇小说里,女主人公是个生活在东京的日本人,她丈夫是一个英国男人,由于她能熟练地使用英语,丈夫的日语却不行,她就等于同时生活在两种不同的文化中。

这和叶丹的生活有点儿像。叶丹的丈夫虽然和她一样,也是从小出生长大在中国,他们的家庭不是异文化的,不像小说里女主人那种日英混合家庭,但是叶丹小家庭的外部环境却是异国文化、异国风俗,所以她特别能理解小说里的女主人那种天天同时和两种文化交往的感受。

其次,叶丹觉得中国的生活变化很快,她寻思,在中国受过高等教育的年轻女读者们一定会喜欢这种小说。尤其是在上海,那些崇尚精神独立、向往浪漫生活的知识女性一定会对这篇小说的内容感兴趣。

在那个时期,有一本名叫《上海女孩》的小说在上海狠狠地火过一阵子,内容就是描写一个女大学生在上海这个城市舞台上和西方白人的故事。作者本身也是一个很年轻的女性,让人怀疑里面有不少是她的亲身经历。

从文学角度来看,亚洲女性和白人男性的情感纠葛应该算是一个有趣的值得探索的主题。

这方面三毛就是一个成功的例子。

此外,现代中国有好几个知名女作家都嫁给了白人男性,她们本可以用自己的笔对这个主题进行展开,比如那位天才作家张爱玲。

可是,事实上张爱玲却没有在这方面进行创作,有点儿奇怪也有点儿可惜。

除了张爱玲,还有几个现今活跃在欧美的女作家也没有用这个主题来写作,不知为何,可能主要还是想保护自己的隐私。

也有可能是中国历史上几千年来占统治地位的儒家文化起了作用,男性至上的思维还是沉重地压在她们的脑袋上,不知不觉束缚了她们的思考力和想象力。

这篇小说里,不仅有女主人公和数名白人男性交往的描述,还详细描写了她怎样背叛自己的白人丈夫。从种族视线来看,里面不仅没有白人至上的观念,还有一点儿女权思维的影子。

S女作家虽然已经过世,她的小说却还领先于时代。

四、寻找出版社

后来,叶丹终于把这篇小说翻译完了。

因为她的生活有空闲,没有催稿的压力,可以在翻译的时候字斟句酌,所以出来的译稿没有生硬的翻译腔。

不过,她所做的翻译和她平时的阅读不同,不是可以自娱自乐的事情。不论她翻译得是好是坏,最后都是应该给别人看的。所以,叶丹就开始琢磨出版这篇小说的事了。

叶丹想,光出这一篇肯定是不够的,要让华文读者彻底了解这个女作者和她的作品。

反正还有时间,她就去书店买了S女作家写的另外几本书,慢慢地仔细阅读,准备以后上海有出版社要的话,她再继续翻译。

目前,她只翻译了《情事》就住手了。

到了夏天,儿子小学放暑假后,叶丹就领着他一起回到上海,度假并探望上海的父母和亲朋好友。

在上海的家里,有一天吃晚饭的时候叶丹说起自己翻译了一篇小说,并谈了自己未来的计划。

她知道家中的老人都经历过那个恐怖的时代,她抚慰他们说,自己只不过想翻译一些和政治毫无关系的恋爱小说,当然也不会是色情的类型,大体属于风花雪月类型。

老人们相信了她的话,觉得她做的事儿也挺好。但是,他们不是在上海文化系统工作的,不熟悉出版方面的圈子。

后来,叶丹的母亲琢磨了一阵,想起来她认识一个老太太,这个老太太已故的丈夫曾是上海文化系统某个部门的领导,虽然他已经去世了,可是他的遗孀也就是那位老太太或许还能认识这方面的人。

叶丹听了,觉得母亲拥有的这个关系也许可以,便让母亲给老太太打了电话。

在电话里，老太太告诉叶丹的母亲，她自己岁数也大了，没有与这方面的人来往，但是她的女儿可能认识一些这种人，她女儿是上海一个著名大学的文科毕业生，工作虽和出版无关，但是可能有在这一行工作的老同学。回头她去问问她的女儿，再来给个回音。

几天后，叶丹的母亲接到了老太太女儿的电话，女儿在电话里说，她有一个当年大学的女同学就在叶丹想找的那种出版社里工作，不过她不是管外国文学那一块的，而是管外文词典方面的，和叶丹想找的不是一个部门，但是她可以介绍叶丹认识专管外国文学的一个同事，如果叶丹有空，第二天上午就可以去那个出版社和那位同事见个面，到时候想谈啥尽管谈。

虽然还不知道结果，叶丹仍觉得很开心，她这天晚上反复琢磨了几遍，准备和那个人好好谈谈自己的计划，把构思弄得成熟些，不能让自己显得太突兀、太心血来潮，让对方看轻了自己，把自己当作傻头傻脑与社会脱轨的女文青给打发掉。

第二天上午，城市一如既往地炎热，叶丹在家里穿上了一件嫩绿色的连衣裙，照着镜子化了个淡妆，还穿上了一双白色的高跟凉鞋。

她安排好儿子上午的作业，让他在家要听姥爷、姥姥的话，随即背上了一个浅黄色的皮包，包里放着S女作家的书和自己的翻译稿。

出了家门，她顺利地在大街上拦到一辆出租车，按照昨天老太太女儿电话里给出的地址，驰往那家出版社。

出租车司机并非特别听话的那种，好在叶丹能说一口流利的上海话，对街道也都熟悉，不至于被司机忽悠着瞎转圈子。

最后，车子到了那家出版社所在的房子跟前。

这个房子是在一个很浅的弄堂里，也许更恰当的说法是在一个院落里。院落紧挨着一条大马路，这条大马路是城市的一条极重要的交通干线，路上天天都是车水马龙，尘土飞扬。

不过，这一带也是充满了历史的地方。

叶丹虽然第一次来这里，这家出版社办的那本杂志对她来说却并不陌生。那份杂志的名字叫《异国文学》。当年，她才二十来岁的时候，这本双月刊的杂志在她眼前展现了一个像夏夜璀璨星空般的世界文学园地。比如海明威、普鲁斯特、菲兹杰拉德、亨利·米勒……都是那时通过这本杂志才知道的。叶丹印象最深的是纳博科夫写的《蒲宁教授》，由于这篇小说太长，所以分成了上下两部分刊载。小说写得像个游戏迷宫，她那时看了两遍才开始看懂，不过翻译得很出色，那些老翻译家都很敬业，丝毫没有因为翻译而让这些名著逊色。

对于当年的叶丹来说，这本文学杂志曾经起过世界文学的启蒙作用。

此时此刻，手拎皮包走下出租车的叶丹站在这个出版社的房子前，却觉得房子实在有些太破旧了，与她当年少女心目中的那种文学殿堂不太一样，与外面正在大兴土木到处造新房的城市好像也有点儿不合节拍。

不过，房子虽然老旧，气派还是有的。它是那种1949年前外国租界里到处兴建的西式洋房，如果把它重新装修一遍，还是会焕然一新，重新显示出原来的光彩。此刻只是因为很久没有修缮过，才显得破败颓废。

后来叶丹知道,这家出版社不久就要迁到靠近黄浦江的一幢大楼里去了,工作人员即将和它分手了,在迎接新主人之前,它就像被遗弃的废墟。

院落的大门处有个小房子,算是这个单位的一个小传达室。叶丹走进了传达室,说出了要找的人的姓名,传达室里的人便打了个电话。很快,一个长得瘦瘦小小的女人就来到了叶丹的面前。她事先便已知道了叶丹来访的事由,老太太的女儿已经和她打过招呼了。

女人看上去比叶丹大十来岁,态度很和蔼,身材瘦小,一看就是专事脑力劳动、手无缚鸡之力的人。她领着叶丹走进了房子,然后又顺着楼梯上到了二层,进了一间不大的屋子。

屋子里有个男人,他肯定也事先知道叶丹要来。

女人把叶丹和男人互相介绍了一下,随后就离去了。

叶丹后来再也没有看见过这个女人,她觉得这个女人体现着上海当年那些知识分子群体所拥有的诚实善良的性格。仅仅和她打了五分钟的交道,这个印象就印入了叶丹的脑中。

男人的名字叫陈冬冬。和刚才那个女人一样,他长得也是瘦瘦小小。叶丹不是高个儿,可是她这天穿了双白色高跟的凉鞋,在陈冬冬面前一站,显得比陈冬冬高了半头。

从外表上看,陈冬冬的岁数比叶丹大一些,至于究竟大多少,叶丹一直没弄清楚。

陈冬冬客气地让叶丹坐在一张椅子上,她看见房间里的桌子上乱纷纷地堆满了书籍和纸张。

陈冬冬出去用纸杯子给叶丹端来了一杯绿茶。随后,他便在叶丹对面放了一张椅子,坐下来后,仔细听叶丹说她的来意。

叶丹不是喜欢说那种客套性废话的人,再说这也是陈冬冬的工作时间,叶丹光说废话只会浪费掉他的时间。

她开门见山简明扼要地做了自我介绍,接着就拿出了手提包里带来的S女作家的几本日文小说,告诉陈冬冬,自己想把书里的小说翻译出来介绍给中国读者。

听完叶丹这番话,陈冬冬拿过去一本,翻了几下。

叶丹忙又说,S女作家其实已经去世了,才五十多,英年早逝吧,挺可惜的。陈冬冬略显吃惊。叶丹继续说,她写的都是些恋爱小说,类似的小说在日本相当多,有不少女作家都活跃在这个领域,关于这种小说,在日本有个称呼叫"私小说"。

陈冬冬朝叶丹点点头,他说自己对日本文学也是有所了解的,他和老太太的女儿是一个大学毕业的,本来在大学里是读中文的,研究生阶段选的是日本文学专业。

叶丹立刻乐了,她兴冲冲地说,自己的丈夫其实也是这个大学毕业的,而且他读的就是日本文学,只是他现在从事的工作和文学已经毫不相干了。

陈冬冬又说,他现在主持编辑那本《异国文学》,很欢迎叶丹为这本纯外国文学双月刊翻译介绍日本的小说,这位S女作家的作品从来也没有在这本杂志上刊登过,正好可以介绍给读者们。

登载外国小说时,这家出版社给这本杂志制定了一些游戏规则。比如,每一个作家的作品只登载一篇,其他的作品再好也不会再登。此外,更欢迎一些比较短的中篇或比较长的短篇,尽量不登载长篇小说,因为编辑要考虑杂志的版面和篇幅的平衡。

听到了陈冬冬的一些说明,叶丹饱满的情绪丝毫也没有受到影响,她兴冲冲地说,真是太巧啦!偏偏已经挑选的就是比一般的短篇小说长一些,又比一般的中篇小说短一点,还是S女作家得过奖的成名作!内容是恋爱方面的,与政治无关,与色情也无关,当然也没有恐怖暴力,没有种族歧视。她认为这篇小说一定会受到中国读者特别是年轻女读者们的欢迎。

陈冬冬听完她的话,赞许地朝她点了点头。

叶丹接着又说,倘若这本杂志只能登载S女作家的一篇小说也可以。反正,日本擅长写爱情小说的作家多极了,她可以再去寻找别的作家的小说,有了合适的,就再翻译出来。

陈冬冬插嘴说,如果物色到合适的作品后一定要先和我沟通一下,万一这个作家的作品已经在《异国文学》刊载过,就不能再采用了。你若不和我通气,翻译好了却不能登,岂不是白忙一场啦!

叶丹点头表示接受他的意见。

可是,她又说,她寻思这个S女作家的作品一定会受到生活在上海这种大都市里的白领女士们的欢迎。将来,她想把S女作家的好几本长篇小说都翻译出来,再以单行本的形式进行出版,她预计出版以后一定能够走红,就像三毛、琼瑶、亦舒的书一样,成为畅销书。那样对读者和出版社都会很有利,是一桩只有赢家没有输家的好买卖。

陈冬冬的情绪和叶丹有一段落差,看上去,他的神情沉稳而冷静,坐在那儿语调缓慢地说,单行本不是那么容易出版的,有一些事情他并不能做主,他唯一能保证的是把叶丹翻译出来的符合标准的小说刊载在《异国文学》上面。

虽然还不像是被浇了一桶凉水,但是听了他的话以后,叶丹的表情显得不再那么兴奋了,刚才满脸的笑容没有了。

不过,在失望中她迅速地想通了,这个问题怨不得陈冬冬,这家出版社不是陈冬冬一个人开的,许多事情他做不了主是很正常的。如果不理解,只能说明她变得外国化了,从小到大白白地在上海生活了二十多年。

好在陈冬冬答应她能在《异国文学》上刊载一篇S女作家的小说,目前看来,能走成这一步已经算是很不错了,自己对于陈冬冬必须要有感谢的心才行。

时间已近正午,外面的太阳越来越显得灼热,叶丹想说的、该说的话都差不多说了。又和陈冬冬闲聊了一些和出版无关的话以后,她就站起身来,向陈冬冬表示了感谢,然后告辞。

走以前,陈冬冬又关照她,翻译好的小说要誊写在统一规格的文稿纸上,具体的稿费是五十元钱一千个字。

五、决　心

在回家的路上,叶丹的心情依旧保持着愉悦。五十元一千个字从东京的薪资水平及她付出的劳动力来看是很低的,但当时上海雇一个工人也就七八百块钱,按这个标准看是正常的。

到家后，正赶上和家人们一起吃午饭。

在餐桌上，叶丹大致地把在出版社的交涉和母亲说了一下。

然后，她很有胃口地嚼了一口母亲刚炸出锅的香喷喷的猪排，继续说，今后她预备把翻译小说这件事天长日久地一直干下去，虽然眼下看来挣钱很少，可这毕竟是一件有人文意义的事情，还能够促进不同文化的交流，有百利而无一害。

她还说道，打算以后一年争取译出一本书来，只要坚持三十年，那就能译出三十本来了。

叶丹满面红光、满面笑容地朝着家人们说：想想看吧！三十本书呢！多么可观呀！

大家听了都没有发表什么意见，叶丹的家人其实对外国文学和外国文学的翻译都不是很了解。

叶丹对未来想做的事充满了信心。她寻思，今后的时代肯定会和以前不同。她一点儿也不认为自己不切实际。

她甚至觉得自己和那些搞公益活动的人是一样的。

可能不少人没有把恋爱小说当成一回事，叶丹却觉得写得好的恋爱小说是非常重要的东西。

对于读者来说，恋爱小说可以像镜子一样，让他更客观、更真实地看清楚自己，通过阅读，他能借鉴别人的经验，通过别人的优缺点来发现自己的优缺点。最终最佳的结果是，可能帮助读者理顺自己的男女关系。

其实，叶丹一直认为中青年做到理顺自己的男女关系是非常重要的，他们若没有理顺自己的男女关系的话，不仅会把自己的生活搞得乱七八糟,而且还会给他们周围的人带来灾难。

比如,当儿子儿媳的关系出了问题,公公婆婆的生活也可能受到影响,如果他们有小孩,小孩也会受连累。

往高处、远处看的话,男女关系的问题会显得更加重要。民族或国家领导人的男女关系理不顺的话,无辜的老百姓也会跟着倒霉。历史上这方面的教训多得数不胜数。

一个人的荷尔蒙是与生俱来的,它可以成为正能量,也可以成为负能量。男女关系理顺了,一切就都变成正能量了;反之,就会成为负能量。

当然,单靠恋爱小说来解决这个问题只是梦想,可它还是能为解决这个问题助一臂之力。

所以说,叶丹认为自己做的事情是有意义的。

六、寻　觅

八月末,上海炎热的夏季开始收尾了,叶丹带着儿子一起回到了东京。

九月份小学开学后,儿子天天背着书包上学去,叶丹的空闲时间自然又多了。

她先是集中精力,把已经翻译好的S女作家的那篇《情事》工工整整地誊写在了陈冬冬指定的文稿纸上。这件事虽然枯燥乏味,叶丹干得还是很有心情。

全部誊写完毕,正好叶丹的丈夫有事要到上海出差,她就把这些文稿和原书一起让丈夫带到上海,交给了陈冬冬。

时间在匆忙的生活中显得飞快,枫树的叶子开始红了,银杏的叶子则变黄了,在逐渐凛冽的寒风中,它们慢慢地枯萎飘零。

进入了初冬以后,叶丹一边忙碌着各类家务杂事,一边仔细搜寻和阅读日本作家的各类小说。

二战结束后,日本涌现出了一个非常庞大的作家群体,其数量多得有点儿数不清。其中,不少的作家都很高产,写过百本以上书的作家并不稀罕。S女作家就是一个很高产的作家。

此外,日本发给作家的奖项也特别多,好像大大小小有四百多种,除了直木奖、芥川奖等少数名气很响的奖项,还有大量的各种名称的奖项。叶丹没有对这方面进行研究,所以也没有搞清楚都是怎样的奖。

从数量上来看,日本的男作家肯定远超女作家,影响和文学价值肯定也是男作家超过女作家。

不过,叶丹还是把男作家们的作品搁在了一边,她决定要专攻女作家们的作品,男作家们的作品可以由别人去翻译,以后总会有人去做这件事,她其实还是不喜欢日本文化领域里的那种微妙的男人至上氛围。

不过,叶丹知道,华文领域里的男人至上氛围其实也很浓重。

关于文化领域里的男人至上或者说是男人主导的问题,应该是一个非常复杂、三言两语说不清的问题,它和社会分工、家庭分工、生理构造、历史发展等因素都有关系。

然而,叶丹认为这也是一个话语权的问题。

具有讽刺意味的是,在日常生活中,叶丹看见不少女人其实更倾向于迫害、贬低、嫌弃别的女人。对于男人,她们却往往喜欢采取谄媚的态度。也就是说,男人常常是在女人的帮助下握住了文化思想上的主导权。

叶丹无力也无心去改变这种长期形成的陋习,她只是认为,能逐渐让女人多点儿话语权不是坏事。

在她看来,这些日本女作家在整个日本女人群体中属于智者,她们比一般日本女人看问题更深刻,阅读她们的作品能让华文女读者们得到一些启发或是生活智慧。

也许,对于男人们来说,女人们头脑简单更容易控制和对付。可是,如果一个女人一点儿都没有修养的话,对于男人来说应该也是很糟糕的吧。

尤其是在现代社会,生活在男人身边的低智商、低情商的女人只会给他带来灾难。

这样想着,在数量庞大的日文小说中,叶丹一举撇开了所有男作家们的作品。

然后,在清一色的女作家们的作品中,叶丹又进行了分类。

在日本的近现代,女作家们不光写了许多恋爱小说,也就是私小说,她们在推理小说和破案小说中的成就其实也是很辉煌的。

她不由得对她们深感佩服,在日本的文化市场上,她们不少的作品都很畅销,也很有影响力。

但是,叶丹寻思了一番,最后决心放弃这一类社会派小说。她想,在未来就像那些男作家们的许多优秀作品一样,这些女作家们的社会派小说也会有人去研究翻译并介绍给中国读者的。

此外,叶丹还有一些个人的心理原因。

叶丹理解自己,一个人能理解自己很重要。叶丹明白,自己是一个情感上感受能力很强的人。

就是说,外界的情绪不仅易于传染给她,而且一些事件事故还会深深地刻入她的记忆,如果是悲惨的负面的,就会给她的心灵造成阴影。

叶丹记得,自己小时候就害怕看那种神神鬼鬼的恐怖片子,一旦在电影院里受了惊吓,好几天精神上都会缓不过气来。当然,电影和文学作品不一样,电影有声音画面,文学作品只有文字。可是,叶丹觉得阅读小说和翻译小说不同。在她的翻译过程中,书上的每一字每一句都要仔细推敲和思索,通过这个过程,作家的思维会进入她的头脑。就是说,故事中的许多负面情节会深深地进入她的头脑。

因此,叶丹决意不翻译那些女作家们的推理或侦探小说,将来,若有可能获得比较好的翻译报酬也不行。本来就是费脑力的工作,她不想受更多负能量的压迫。

七、L女作家

叶丹就像一个园丁,根据自己的体力和心情确定了最适合自己的一块土地。接着就要寻找自己喜欢、想象中的中国读者特别是女读者们也喜欢的小说了。

对于叶丹来说,这件事既不是很难,也不是很容易。她有时候去书店,有时候去图书馆,有的时候还去一家大型的连锁旧书店。

搜集了一些女作家写的小说后,她就开始翻阅,像一个老农民在春天播种前筛选庄稼种子一样。

至于S女作家的那些作品,她决定不再碰了,《情事》已经弄完了,陈冬冬需要新的作家的作品。

经过一番挑选,她看上了一个姓L的女作家一篇比较长的短篇小说,小说的名字叫《该结束了》。

叶丹觉得,这篇小说符合陈冬冬提的那些要求。

和《情事》一样,这篇小说也曾经在日本的文坛上得过一个奖,它也是L女作家的成名作。

更有趣的是,这篇小说的内容描写的也是一个年轻女人周旋在两个男人之间的故事。

不同的是,L女作家比S女作家岁数大了不少,反而她还在世。

和S女作家一样,她在这篇成功的小说之后又发表了大量作品,是日本当代文坛上相当有名的作家,可是一直没有人把她介绍给中国的读者。

选定了这篇小说后,叶丹并没有马上着手翻译,她简单地写了一个介绍,准备下次回上海的时候拿去给陈冬冬过目,得到他的认可之后再开始进行翻译。

虽然陈冬冬明确地告诉叶丹,《异国文学》所属的出版社目前没有出版单行本日文翻译小说的打算,叶丹还是没有在这方面心灰意懒。她认为出单行本才是正事儿,《异国文学》的发行量太小,普通书店里都看不见它,要到邮局订才行,而单行本才会在读者中产生影响。

既然陈冬冬那儿走不通这条路,叶丹就想寻找别的出版社了。当然这都要等到第二年夏天回上海时才能开始探索。

叶丹为了未来的那个单行本,在各个日本女作家的各种长篇小说里不停地徘徊。她的头脑中有很强的唯美标准,受这个标准的影响,她的眼光其实挺苛刻。

有一天晚上,她坐在家里的沙发上看电视,看见了一部新上映的电视连续剧。看了一会儿以后,觉得很有趣。

这部电视剧并不长,有十几集,按照日本电视台的习惯,每周四晚上放一集,叶丹后来等得有些心焦。

电视剧的内容是纯恋爱的,同S女作家的作品有些相似,它还推出了一个新女影星。

新女影星的表演很到位,自然而不做作。当然其他的男演员们也都配合恰当,虽说有一些亲热的场面,看上去却并不觉得下流,这和女演员的容貌、身材、气质、演技等因素都有很大的关系。也就是说,虽然她所扮演的女主角干的是婚后出轨的事情,却还是给人一种纯情淑女的感觉。

叶丹觉得,唯有这样,这部电视剧才能给人带来一种美学上的享受,这应该是一种难度很高的挑战,编剧、导演、演员们都得有很高的水平才能实现。

叶丹想,可惜的是中国的观众们看不到这部电视剧。不过,她发现这个电视剧是由一本小说改编的,就到书店去买了这本小说。

虽然日文不是叶丹的母语,赶不上她中文的程度,可是她看了这本长篇小说还是能够明白,这个姓H的女作家的文笔相当不错,洁净优雅,心理分析深刻,没有偏见,客观真实。

叶丹不喜欢那种华丽的堆砌辞藻的文笔,她喜欢直抒胸臆、直奔主题的文笔。现代社会的人们都很忙,精神层面的活动项目也都很多,废话多的文字会让人感到不耐烦。叶丹觉得自己的这种标准和现代读者们是一致的。

此外,这本名为《无聊的后果》的小说是以东京为舞台,女主人公是一个家境优越衣食无忧的女白领。她新婚没有多长时间,模样也长得很不错,却陷入了和其他男同事的恋爱纠纷之中。

叶丹相信,同样的剧情,无论是在东京的白领界,还是在上海的白领界,天天都会上演。因为他们都是很庞大的一个群体,人多了,就像一个大林子里鸟儿多了一样,各种故事自然也会多起来。

所以,她觉得把这本小说翻译介绍到上海的话,肯定会有不少的读者,尤其是女读者喜欢看的。境遇类似,就容易使她们产生"代入感"。

叶丹也曾想过,自己这么致力于翻译这些和政治历史无关、和色情无关、和道德说教无关的恋爱小说究竟有没有意义。

思考后的结论是,她做的这件事在文学上、文化上都是有意义的。

她记得,有一个名人曾说,人的行为都受到性的欲望支配。其实这个说法也是来源于弗洛伊德的研究。

叶丹觉得,一个人,哪怕他或她终身未婚,终身都是童男子或处女,他或她其实也受着这个规律的支配,逃不掉,躲不开。比如,他或她可能会不合群,会固执孤独,会虚伪自卑。各种可能都有,根源当然和他或她的性有关,性压抑带来精神压抑。

还有,一个人本身可能并无问题,但是他的父母在这方面是有问题的,那同样会在他的心灵投下阴影,这种阴影如果在他成人后化解不开,还会影响他的一生,甚至影响他的配偶及他的孩子。

再有,如果一个人或是他的老婆是很有权势的,能主宰一个民族、一个国家,然后在性方面其实是有问题的,那么他也会把扭曲的心理投射到四面八方,害怕别人议论呀,把知情人送进监狱呀,杀人灭口呀,发动战争呀,等等。

可能很多人认为对性避而不谈最好,但是,就像皇帝新衣的故事,它明明是存在的,不谈,只能是自欺欺人。

叶丹觉得,关键还是怎么对待、怎么谈的问题。

两性话题,有点像那种橡皮筋,有着很大的伸缩余地。既可以显得非常低贱、肮脏,也可以显得很崇高、优美,就像三级片和梁祝故事的区别一样。

叶丹倾向于把这个主题发展成真诚美好的文学作品,就像把男女关系的描述发展成一首诗或一首歌,给读者带来理智加情感的享受,把粗糙的感情变得更细腻。但是这种文学作品不能建立在虚伪的基础上,也不能是胡编乱造的。

叶丹甚至觉得,那些在各个大中小学包括幼儿院里教书育人的老师也都应该在这方面有个健康的心理,不能虚伪,或偏执,或闭塞,否则会连累甚至祸害到他们的学生,影响孩子们将来的心理发育。

八、H女作家和W男作家

叶丹看完了《无聊的后果》,就在空闲的时间里着手把它逐步翻译成了中文。

此外,她又找了几本H女作家的小说。

她想,必须多出版几本H女作家的书,她的名气才能够在中国扩散开来。

H女作家的年龄比S女作家小,她的特点是模样长得一点都不好看,不过,也不能算太难看,H女作家的外貌属于混在人堆里不起眼的类型。

她的小说别具特色,和L女作家及S女作家的小说相比,她的小说显得更新潮,笔调冷静,含嘲带讽,显然和她自身生活不相关,内容源于她对生活的观察。

在上世纪80年代的某一年里,H女作家的一篇小说获得了直木奖,就此她登上了日本的文坛。后来,她笔耕勤奋,源源不断地发表了许多小说。

在日本,直木奖是用来扶持新作家的一个最有名的奖项,获奖的都是一些比较通俗易懂的小说。

有的作家获奖后越写越好,天长日久甚至变成了文豪;有的作家创作水平却不见提高，慢慢也就被人遗忘了。

　　这个H女作家的创作精力很旺盛，她的小说主题都是男女爱情。这本《无聊的后果》就很成功，出版后连续再版了二十八次，还被改编成了电视剧。

　　在同一个时期，同样写男女爱情的还有一个姓W的男作家，他本来是一位医学博士，却改行变成了小说家。他的这种华丽的转型相当成功。

　　W男作家其实比H女作家的名气更响，他的一本最有名的小说不仅改编成了电视剧，还改编成了电影。

　　在这本小说里，他把一对男女的情色关系写得淋漓尽致，最后差不多是欲仙欲死了。

　　W男作家写出这样的小说是有生活基础的，他长得模样潇洒，个性风流。再说，他当过医生，对人的观察细致科学。

　　但是，叶丹只喜欢H女作家的《无聊的后果》。

　　多年生活在日本，叶丹知道日本许多习俗和中国是不同的。

　　比如，日本的男女有别是从小学就开始的一种教育，教育女孩是应该喜欢做家务，教育男孩是应该喜欢足球等。女孩背红色的书包，男孩背黑色的书包。在玩具店里，有的架子上陈列着大量粉红系的女孩玩具，有的架子上陈列着大量打打杀杀的男孩玩具。

　　这些因素造成了日本男女从小思想意识就有所不同。

　　女作家们的女性意识更强烈，写作时，她们的立足点更明显地站在女性这一面。

女作家们当然也会很辛辣地批判女性。但是,她们是从女人的视点来批判女性,和男作家从男人的视点来批判女性是不一样的。

在中国,叶丹发现,有些女作家会站在男人的角度以男人的视点来批判女性。

叶丹认为中国这些女作家的思维情有可原,和中国上千年的文化历史有很大关系,因为中国儒教文化自古以来都不提倡女性的参与。到了近代,特别是五四运动以后,才涌现了一些女作家,不过她们的人数还是太少,势单力薄,构成不了独特的女性文化,在写作中常常就把自己的性别特征忽视了。

在日本作家的作品里,两性特征区别明显。叶丹作为女人,很喜欢那些女作家作品里的人物,对男作家作品里的人物,她一点儿也喜欢不起来。

叶丹想,自己这种思维大概也是一种性别歧视。如果站在公正的第三者的立场上,男女作家的作品应该都喜欢。

不过,叶丹不想改变自己的审美趣味,男作家的作品自会有人翻译介绍到中国,女作家作品的翻译也足够她忙碌了。

九、《无聊的后果》

这一年的六月底,叶丹结束了《无聊的后果》的翻译。

到了七月下旬,她带着放暑假的儿子回到了上海。

叶丹在上海先是休闲了一个多星期,随后就联系了陈冬冬。

这时候,整个上海有点儿像一个大工地。地面上和地底下都很忙碌,地面上到处忙着拆旧房和造新房,地底下则忙着修地铁。

叶丹打电话给陈冬冬的时候,陈冬冬说,他的出版社已经搬家了,迁到靠近外滩的一幢新造的大楼里。原先的旧式花园洋房已经成为受保护的历史建筑了。

历史翻篇了,有点像翻到了未来,又有点像翻回了过去。

叶丹后来也不知道那幢老房子的新主人是哪一路人物。

去见陈冬冬时,叶丹坐着地铁。此时的上海才只有两条地铁线运营,她坐的是元老一号线。

她没有想到,出了地铁站还要走不少路,早知道应该叫一辆出租车,但是后悔也来不及了,她只能一边擦汗一边在烈日下费劲地走着,偏巧脚上穿的是一双新买的高跟凉鞋。

叶丹生怕自己以一种劳累的样子出现在陈冬冬的面前,她尽量想使自己看上去清新潇洒。她觉得自己那些日子坐在东京家中的书桌前绞尽脑汁地翻译,目的就是给祖国的文化事业送点儿新鲜的东西。她和那种风尘仆仆到处跑买卖搞推销的商人有着根本区别。

出版社的新大楼挺高,有二十多层。陈冬冬的出版社只是在里面占了一个楼面。一楼有传达问讯处,还有供来访客人坐的大沙发。

叶丹先是和问讯处的人打了招呼,接着她便按照陈冬冬电话里的指示进了电梯,坐到了他的出版社的楼面。

相隔一年,叶丹觉得陈冬冬一点儿也没有变,他的工作环境却是大变样了,更像公司职场的模样了。宽阔的大房间里有好些桌子,桌子上都堆满了书籍纸张。

陈冬冬的同僚们似乎都挺年轻,有一个潇洒的男青年留了一种非常新潮齐耳际的垂直发。

看到这些人的样子,叶丹感觉出了时代的脚步,仿佛现在这个出版社已经和时代接上轨了,它的前身则和那个旧式花园洋房一起遗留在历史的角落中了。

陈冬冬微笑着把叶丹带到他的桌边坐下,随后出去用纸杯给叶丹端来了一杯凉开水。

房间有空调在打冷风,可是叶丹在烈日下一路走来,浑身不住地冒汗。她出门前还化过淡妆,为了抑制脸上的汗水,她只好从包里掏出一把折叠扇,拿在手上不停地扇着。

两个人先聊了几句无关紧要的家常话,随后就转入了正题。

陈冬冬给她拿来了年初出版的《异国文学》,里面登载了叶丹翻译的那篇S女作家的《情事》。

叶丹接到手里,看了觉得很高兴。毕竟,她翻译的文字终于印在了纸上,精力没有白费,成功地迈出了第一步。

她由衷地向陈冬冬表示了感谢,陈冬冬反而客气地说,应该感谢她才对,因为她的文字翻译得都很优美。

然后,陈冬冬把赠送的几本《异国文学》装在一个袋子里递给了她,还把两千多元的翻译费也结算给了她,让她在一张收据上签了名。

办完这些事后,叶丹从提包里拿出了一册日文小说,是L女作家写的那本小说集。

她言简意赅地向陈冬冬介绍了L女作家,并强调L女作家其实比S女作家的名声更大。然后,她向陈冬冬说,以后想翻译那篇《该结束了》,《该结束了》是L女作家的得奖作品,也是她的成名作。它的篇幅和那篇《情事》差不多,内容也是描述男女关系,属于恋爱小说的范畴。里面的描写和色情无关,和政治、历史也都无关。

陈冬冬边听边点头,他明白叶丹已经完全领会了他所主编的这本杂志在选稿方面的条条框框了,这让他感到放心和轻松。

叶丹给陈冬冬留下了这本L女作家的小说集,让他审查一下《该结束了》,她在东京家里另有一本,陈冬冬如果看出啥麻烦的问题,可以向她叫停,免得她浪费精力,如果他没有异议,她回到东京后就会着手翻译了。

这番交谈之后,两人都觉得挺愉快,唯一使叶丹感到美中不足的是,没法在这个出版社出版她已经翻译好的《无聊的后果》。

去年,陈冬冬就说过他这儿只需要登在《异国文学》上的小说,所以叶丹没有对他游说《无聊的后果》。她只是送了他一本日文版的《无聊的后果》,向他介绍了一下H女作家及其作品。

窗外的蓝天上飘着一朵朵的白云,叶丹看见手表上的时间快到中午了,就主动地结束了自己滔滔不绝的话,反正该说的都已经说完了。

她站起身,向话语不多的陈冬冬告辞了。

陈冬冬很客气,一直把她送到了办公室楼层的电梯边,两人在电梯口分手了。

第二章 新天地

一、朋友们

一个星期后的周六夜晚,一对夫妻请客,叶丹和儿子一起去了。地点在一家粤餐厅,位于上海西区一条树荫浓密的幽静小马路边。

请客的夫妻和叶丹家人交往了十多年,彼此经常有些礼尚往来。这天晚上叶丹带去了那本载有自己所翻译的《情事》的《异国文学》,准备送给他们。

这对夫妻合开了一家贸易公司,他们经常跑海外,属于见多识广的人物。丈夫姓王,妻子姓孙。

叶丹和王太太更熟悉一些,王太太出身于旧上海的一个布店老板家庭,她有一个哥哥和两个姐姐,有些早年熟悉她的人称她三姐。她的哥哥多才多艺,是沪上有点儿小名气的书法家,水墨画也画得不错,此外他还喜欢刻图章、养花草。他还在上海的文化艺术界认识一些人,有点儿名士派头。

这一天的宴席上一共有九个人,有两个是银行里工作的人,一个是证券公司的,王太太的哥哥和他在一家大医院做护士的太太也来了。在客人中,叶丹和儿子的年龄最小。

王先生夫妇都是商人，对小说一类的东西兴趣不大。不过王太太因为年长了叶丹十几岁，一直很亲切地把叶丹当自己的小妹妹看。当叶丹把书给她的时候，她真心地向叶丹表示了赞赏。

一般来说，作为请客吃饭的主人，起码都希望自己的客人是有头有脸的人物。要有礼貌，要健谈，要能活跃酒席上的气氛，大家才开心，主人才满意。

叶丹因为自己年轻，和他们也没有行业上的共同语言，所以不怎么说话，只是把精力用来管住儿子，给他夹点菜，挑点鱼刺。

后来，她也和王太太聊了一些家常，她跟王太太说，自己想找一家能出单行本翻译小说的出版社。王太太听了她的话，想了想，觉得这事儿并不难，正好自己有两个熟人，可以介绍给她，他们就是干这方面工作的。

叶丹听了很高兴，好像自己眼前突然打开了一扇大门，急忙感谢她。

王太太说这事儿真巧，这两个熟人已经同她约好了，下周日将去她家打麻将玩儿。届时，叶丹可以去她家，在那里能碰见他们，有什么话，到时候叶丹可以向他们说。

叶丹笑着冲王太太直点头，说下周日一定会去。

叶丹不会打麻将，她也不会去学，她知道王太太很喜欢打麻将，生意人都要会这一手。

这顿晚餐让叶丹吃得很开心，她觉得自己的问题能够解决了。

叶丹吃完晚饭领着儿子回到家后一直挺兴奋，虽然还没有看见王太太的那两个熟人，不知道他们的工作到底是怎么回事。

叶丹属于无知者无畏，她等于进入了一个新的领域，不知道水的深浅,这有点像刚开始炒股的人。

不过,叶丹一点儿都没有把自己想做的事和炒股画上等号。她觉得炒股只是一种冒险、一种赌博,她是在进行文化建设,用文学这种东西滋润人们的心田,在两种不同的文化中间架设一座桥梁。这是很自豪、很光荣的一件事,不会给人类和地球带来任何坏处。

一周过得很快,因为叶丹天天都很忙,除了家中的杂务,除了陪父母聊天,她还要督促儿子做暑假作业,另外还带他去了一个名叫热带风暴的夏季游乐场玩耍。在那里,娘儿俩穿着游泳衣套着救生圈,顶着炎炎烈日,泡在大泳池中,既开心,也疲劳。

到了这个星期日的下午,叶丹先嘱咐儿子在家好好玩儿,听姥爷、姥姥的话,然后坐着出租车去了王太太的家。

王太太和王先生住在上海的西南角,他们两年前买了一幢小别墅房子,在一片别墅小区中。

房子一共三层,还自带着一个小院子,院子里种满了花,另有一个狗笼子,里面养了一条性格温驯、调皮可爱的哈士奇。

叶丹从小怕狗,她只敢在客厅的玻璃窗前瞅那只狗,不敢到院子里去。这只哈士奇有点儿人来疯的样子,看见客人就在院子里又跑又叫。

王太太这天穿了一件浅紫色的连衣裙,她的身材比较丰腴,连衣裙紧贴在她的身上,让她显得更加性感了。叶丹到了以后,王太太让保姆给叶丹端上了一杯菊花茶,说其他朋友很快就会到。

王先生也从楼上下来了,他和叶丹打了个招呼,然后就坐在客厅的一角摆弄起了音响。

王先生小时候学过钢琴,虽然后来他放弃了,但还是很喜欢西洋音乐。他这次选了莫扎特的弦乐四重奏,王太太提醒他把声音开小点儿。

不久,王太太打麻将的朋友就到了。他们是开着自己的车子来的,一共三个人,其中有两个就是王太太打算介绍给叶丹认识的。

叶丹和他们彼此打过招呼后,王太太让他们在客厅里的沙发上坐下,便于同叶丹细聊。

两人一男一女,看上去比叶丹大十来岁的样子。男的高个子,戴一副金属框的眼镜,皮肤有些黑。王太太介绍他姓黄叫都云。女的皮肤很白,长脸形,模样大方清秀,王太太称她林道秀。

他们喝着保姆送来的菊花茶,仔细听叶丹的自我推销。

叶丹先拿出了两本载有她所翻译的《情事》的《异国文学》,分别送给黄都云和林道秀。这等于是一种自我宣传,又像推销员推销一种商品的样品。

随后,她又拿出了H女作家的日文原书《无聊的后果》,告诉他们这不仅是一本再版了好几十次的畅销小说,而且还被原汁原味地改编成了电视剧。

他们接过这本书翻了一下,多少有点兴趣的样子,只是都不懂日文,眼神还是带点儿迷茫。

王太太夫妇和另外一个客人已经去了隔壁的麻将屋子了。客厅里只有三个人在说话,叶丹和他们聊了一会儿,就弄明白了他们的小出版公司是怎么一回事了。

他们的公司和陈冬冬的公司完全不同,首先它非常小,是广东省的一家出版社派在上海的办事处,有点像一个小小的子公司。

一般来说,子公司如果干大干顺利了,就有可能独立出来不再听母公司的指挥了。可是黄都云和林道秀的这个小公司完全没有这种可能性,因为这个行业不允许私营。

这个小公司也可以出书,但是名义属于那家广东的出版社,它不可以用自己公司的名义来出书。

它出书的流程其实也并不是特别复杂。

叶丹听了他们的叙述,很快就在自己脑子里理清楚了这件事。

就是说,在拿到了书稿后,他们先要看过书稿,明白没问题之后,再把书稿发给广东的总公司,那里的人也看一遍,也觉得没问题,就同意他们出版了。至于名义,自然都是属于广东的总公司。他们要交一笔钱给广东的总公司,就像一般的子公司都要向母公司交钱一样。卖书以后,挣到的钱去掉各种费用以后自然可以进他们自己的小公司账户。

如果他们想完全脱离广东的总公司,在上海建立自己的独立公司,那是完全不可能的,因为他们没有能力得到这种许可。

在名义上,广东的那家出版社和陈冬冬的出版社都属于国企,黄都云和林道秀无法把自己的小公司变成国企。

听了这些以后,叶丹觉得很开眼界。她寻思,自己的目的只是出书,只要能让自己翻译的书顺利抵达读者们的手中,走哪条渠道都一样。

黄都云和林道秀听叶丹这么说,明白她属于思维很直接的人,不会绕来绕去。

他们后来还对小公司的经营诉了一些苦,主要是要和各方面打交道,比如广东的总公司方面呀,作家的版权问题呀,印刷厂呀,各种人工费开销呀……都得先花钱,最后把印好的书籍投放市场,才能知道公司出的书是否赚钱。

叶丹觉得他们这些诉苦的话都是真实的,可是这些问题都不是自己能帮他们解决的,朝她诉苦也有点儿没意义。

后来,叶丹曾在心里琢磨过他们。她觉得,虽然他们的工作和文化有关,实际上他们还是更像买卖人,并且公司很小,造成他们和财大气粗的那些大买卖人不同,有点儿锱铢必较,属于低调精明的小买卖人。

现在他们朝她哭穷诉苦,也是为了将来和她发生利益关系时能同她讨价还价埋下伏笔。

后来,叶丹就把这次带来的日文原书《无聊的后果》及自己的翻译稿都给了他们,后续工作自然由他们去做了。

叶丹的心情还是很愉悦的,她觉得挺顺利,仿佛又在一条道路上朝前迈进了一小步。

太阳渐渐开始西斜了,王先生家院子里的那只哈士奇已经不太兴奋了,它终于有些疲劳了,卧在客厅的玻璃门外,安静地注视着房子里面的人们。

黄都云和林道秀要去打麻将了,叶丹则向王太太夫妇告辞,谢绝了他们的晚饭邀请,她不会打麻将,家里还有不少事情。

二、《该结束了》

这年秋天,叶丹在东京的家里把《该结束了》翻译成了中文。她做得不是很快,基本上都是在上午干这件事,下午用来做家务。儿子还是每周都要去学习游泳,他已经进入中级课程了。在那个运动中心等待儿子的时候,叶丹常把放在包里的书拿出来看看。那本登载了她所翻译的《情事》的《异国文学》也被她从头至尾仔细地看了一遍。

里面一共有四篇小说,除了《情事》是日本作家的小说,其他三篇小说分别是英国、俄罗斯及美国的作家写的。

看完之后,叶丹产生了一股子喜悦加自豪的情绪。她觉得,除了自己翻译的《情事》,那三篇小说一点儿都不好看,差不多都不知道在写些啥。

叶丹怀疑那三篇小说的译者本来就没有看懂小说的内容。

不过,叶丹这么想也没有百分之百的把握,只有能同时看懂原文和译文的人才能够真正地下结论。

她猜想,这三名译者都没有出过国,没有在当地生活的经验,只会用字典在字面上进行翻译,这样即使没有译错,也会失去文学的味道。

此外,选择小说的眼光也很重要,得过奖的《情事》本来就写得精彩,能原汁原味地表达出来就很好看了。

叶丹的心情像竞技场上的运动员,通过比赛更增添了自信心。

无奈,现实中并没有人来对她进行评判,叶丹只是一个人在自娱自乐,就像在空旷无人的剧场舞台上独舞。

不过,这样虽然有些寂寞,她的心情还是蓬勃向上的。

她想,到了明年,《异国文学》上肯定能登载她翻译的那篇《该结束了》,这点她有把握,她的文字翻译质量在陈冬冬那儿已经得到了肯定。

再说,《该结束了》的那位女作者的名气很响,她的生活也是波澜壮阔的,她在日本已经能算文豪了,长寿也是因素,她有点像喜欢并追捧她的女读者们的灯塔般的人物了。

在空闲的日子里,叶丹一边阅读,寻找适合登在《异国文学》上的小说,一边关心着日本文坛上颁发的各种文学奖,尤其是著名的每年一度的直木奖和芥川奖。

这一年的直木奖和芥川奖的获奖小说都已经评出来了,叶丹把这两篇小说都阅读了一遍,觉得那篇获得了芥川奖的小说写得很新颖,又动了把它翻译介绍到《异国文学》上的念头。

三、H女作家的《麻烦的友情》

叶丹个人的日文小说翻译史不长,迄今为止,她一共才接触了三个女作家的作品。

这三个女作家各有千秋。叶丹最喜欢的是H女作家的《无聊的果实》。她想找到比它更好的恋爱小说，却发现她的想法并不容易实现。

有些女作家的小说写得也很好，却比较阴暗忧伤，叶丹不愿意自己的思维进入她们细心编织的抑郁氛围之中。

一段时间里，叶丹就像站在一个陈列着各色水果的摊头边的顾客，眼花缭乱地在一堆水果中挑来拣去，最后也不知道到底自己想吃啥。

叶丹后来想，作家的知名度很重要，现代社会中的广告效应能引领消费潮流，就像屹立在普通商品之上的名牌一样。

如果多翻译出版几本H女作家的小说，大概能让她的名气在中文读者中变得响亮，从而能使她的小说在中文读者中成为畅销作品。

如果真这样，出版社肯定是第一赢家，H女作家肯定也是大赢家，自己作为翻译者，也不会是输家。至于读者，付出了一些买书钱，但是看到了一本好书，不是寡淡无味狗屁不通的书，也应该算是赢了。这就是四赢了。

叶丹越想越觉得自己的思维正确，她后来就在H女作家出版的好几本小说中反复挑选，最后找到了一本感觉不错的，内容里既描写男女爱情，又描写女人友情。它也曾被改编成电影，里面的一个女演员好像是因为这个片子走红了。

这本小说的名字叫《麻烦的友情》，里面主要写了两个高中同过学的女人。她们具有相反的性格，价值观似乎也是相反的。一个人追求婚姻生活，一个人追求自己的事业。

追求婚姻的A女后来如愿以偿地结了婚，可是她的生活经常会发生问题，一有麻烦，她就找闺密，向那位事业成功的B女求助。

小说描写她带着行李箱搬到B女家中，把B女的家当成了避难所。

B女虽然事业成功，生活独立，婚姻却没有一点着落。A女搬到了她家后，她就像个男人一样，成了A女的依靠。

可是，A女后来又会和丈夫莫名其妙地重归于好，离开B女的家，一次婚也没有结过的B女理解不了A女的善变，只觉得自己完全像个傻瓜……

叶丹觉得这本书很有真实性，她见过生活中的类似事例。有些夫妻吵架吵得太厉害、太旷日持久，会像那种从海岸登陆后摧枯拉朽到处破坏的台风，把亲属、朋友、邻居，甚至单位的同事也都卷进去。H女作家的这本书是把真实的生活写出来了，她的眼光和笔力都很强悍。

当叶丹打算把这本书翻译出来时，时间已经接近年末了。到了夜晚，冬季的寒风开始呼啸了。和世界一样，日本每年的除旧迎新都是一年里忙碌的日子。

儿子的小学放了寒假，几天后，丈夫的公司也放假了。

为了让儿子开心，一家三口在一个晴朗寒冷的冬日去玩了迪士尼乐园。

此外，叶丹还去上野的商业街买了不少价廉物美的大虾、带鱼、海螃蟹，忙忙碌碌地在家里包了白菜猪肉馅的饺子。

整个新年是在吃吃喝喝、看电视、睡懒觉中度过的。到了新年长假结束,丈夫就去上班了,然后过了几天,小学的寒假也结束了,儿子也去上学了。主妇身份的叶丹终于有了自己的空闲时间,她又投入了翻译中。

翻译《麻烦的友情》的工作进行得很顺利,这是一本笔调流畅、通俗易懂的生活小说。

然而,就同以前翻译其他的小说一样,叶丹也曾经琢磨过自己这样做是否有意义。

《麻烦的友情》和其他恋爱小说不同,它的主题是友情。对于每一个人来说,处理好自己的友情和处理好自己的爱情其实是一样重要的。

闺密的关系其实是很微妙的,在青春初期,闺密之间可能很纯,可是年岁渐长后,因为男人的介入,闺密的关系就会变化,就像在实验室里的一种液体里添加了新的液体,两种液体混合后的化学成分就根本不同了。

不少女人其实头脑比较简单,意识不到自己在处理和闺密的关系时应该与时俱进,把男人的因素考虑进去,而是仍旧像少女时期一样,看不见荷尔蒙在闺密身上产生的作用,在思维上把自己和闺密的关系逗留在少女阶段。

这种不成熟的女人思维在现实生活中其实非常多见,处理得不好会产生各种恶劣的后果。

叶丹在现实生活中看见过不少这种事例,她想,哪怕是为了帮助这些女人增强生活智慧,这本小说也应该算是有益的。

翻译小说和写作小说不同,无须担心思路被打断或灵感消失。

春天三月时，儿子的小学放了春假，叶丹一家去西班牙玩了十多天，他们从巴塞罗那玩到了瓦伦西亚，又到了马德里，各种人文景观都给他们带来了美好的感受。到了四月中旬，她才又有时间坐下来翻译了。

这件事她做得很从容，因为无人向她催稿，她不需要赶时间，慢工出细活，她能随心所欲地斟酌字句，这样断断续续地到六月底才完成。

四、《无聊的后果》出版问世了

到了夏天，叶丹回到上海后，先给黄都云打了电话，询问他《无聊的后果》成书了没有，黄都云说已经都印好了，她可以拿到书了。叶丹很高兴，黄都云说会把书送到她家来。

过了几天，黄都云用一辆自行车把书送到她家了，不知为何，他事先没有给叶丹打电话通知，叶丹不在家，带着儿子出门玩了。

黄昏，叶丹回到家后，看见了新出的中文版《无聊的后果》，她把它拿在手中，既欣喜又感慨。大概辛勤耕作的老农民在秋天拿着收获的玉米棒子的心情和她也差不多，毕竟她是绞尽脑汁把日文一字一句地转换成了书里面的中文。

一年前，在王太太家的时候，黄都云就曾告诉她，他的大学专业是美术设计，曾在一家国企出版社里搞过书籍的封面设计。所以，叶丹看见这本书的封面设计是黄都云的名字不觉得意外。

在这本书的封面上，画了一个打扮成艺伎模样的日本女人，看上去有点像中国古代的仕女图。

这幅画的意境和这本小说的内容风马牛不相及。不过,叶丹并没有不愉快,书籍装帧不是她所擅长的专业,叶丹曾经学过美术,她寻思这种看上去挺俗艳的封面可能更容易引发读者的阅读欲望。

过了几天,叶丹去了黄都云和林道秀的那个公司。

天气很炎热,叶丹领着儿子一起去,她答应完事后带儿子上馆子吃饭,再看一场电影。

黄都云的公司在上海市区的一幢旧楼房里,不大的一间办公室,林道秀也在,另外还有一个中年女工作人员。

叶丹带着儿子进去后,一边环视四周,一边在黄都云给她的椅子上坐下。儿子在她旁边跳跳蹦蹦、转来转去。

见了面,大家闲扯了一些客套话后,黄都云把话题引向了正轨。

后来的大部分时间都是黄都云在说,叶丹在听。剥开一些话语的外壳,实质性的内容其实就是诉苦,在黄都云滔滔不绝地诉苦的时候,林道秀只在旁边不作声,有时会向叶丹微笑一下。

其实,去年在王太太家的时候,黄都云就已经向叶丹诉说过他们小公司的种种艰难困苦了。现在,某些话他是在重复地说。

当然,他诉苦的内容中也有新颖的地方,新增添的内容是和H女作家所属的那家东京出版社打交道的种种困难。

叶丹听了以后就明白了,里面有语言沟通问题,还有利益也就是钱的问题。好像主要是由广东的总公司来办这件事,因为只有总公司才有这种交涉的资格。但总公司的人不是很卖力,而东京的出版社也不是很有积极性。如果不是黄都云使劲儿,这件事即使不黄了也会进行得很慢。

叶丹听他说的时候大脑有点儿蒙蒙的,事后她才在脑子里慢慢理出了一点儿头绪。

回家以后,她仔细看了黄都云公司印的这本《无聊的后果》,见上面标的定价是十五元,发行数两万本。

她理解为这两万本都卖掉的话,黄都云公司能收到三十万元。可是,里面要刨去各项开支。

比如,要给广东总公司一些钱,不给钱他们就得不到出这本书的资格,还要给东京出版社一些钱,作为购买版权的钱,东京出版社会把这笔钱再分给H女作家一些,作为她应得的版税。

此外,还要给印刷厂一些钱,还要给卖书的书店一些钱,当然还要给叶丹一笔翻译费。黄都云公司本身也要消耗一些行政费用。

特别是,这些钱基本上都要在事先就付出去。理论上来说,如果《无聊的后果》一本都卖不出去的话,黄都云公司付的那些钱就等于全部打水漂。

所以,作为黄都云的公司,表面上看他们出版书籍是一种高雅的文化事业,实际操作起来却有点儿像在澳门玩赌博,不仅要冒血本无归的风险,还要四面八方求爷爷告奶奶。

这天上午,黄都云先是朝着一头雾水的叶丹猛吐了一顿苦水,后来,他发现叶丹一点儿机灵劲儿都没有,光是呆呆地听他一个人说,就越说越没啥话了。

叶丹虽然一时理不清思路,可她能明白他和林道秀就是两个可怜的小商人,并且他们今天就是要让她明白他们是两个可怜的小商人。

可怜归可怜,叶丹寻思自己不是那种握有权力的人,不是工商也不是税务或是其他方面的人,对他们就是有怜悯之心也无能为力。

天气很热,小办公室里虽然开着空调,叶丹仍感到热,手里的纸扇子一直在不停地扇着,儿子也有些等得不耐烦的样子了。

黄都云肚子里的苦水后来基本上也倒得差不多了,他终于从抽屉里拿出了钱,让叶丹在一个收据上签了名,把一笔税后五千多元的翻译费付给了她。

叶丹知道钱的数额比较少,但她没有讨价还价。黄都云刚才的话就是为了防止她讨价还价,他和林道秀在同别的作家或翻译者打交道时一定也是玩同样的套路,也不能说他们狡猾,因为他们诉说的苦衷大部分都是真实的。

叶丹是新手,他们是在这个行业泡了一定时间的老手了。叶丹是女文青,他们是买卖人。双方的立场和着眼点不一致。

叶丹觉得自己干这件事的出发点不是想挣钱,当然能挣到钱的话也非常好,只是她现在刚刚翻译出版第一本书,才迈出第一步,这第一步比挣钱更有意义。

走出了黄都云的公司以后,她就领着儿子上大街玩去了。

来黄都云公司之前,叶丹曾想未来和他们继续合作,把那本已经翻译了一大半的H女作家的《麻烦的友情》也搁在他们那儿出版,等听了黄都云倒出来的那些满腹苦水后,叶丹就把自己心里的这个方案取消了。

叶丹觉得出书总该朝着大量出版的辉煌目标努力，但是量越大前期投入也越多，风险肯定也越大，让小公司拿出大量的钱来买版权确实困难，自己还是应该找找其他的地方。比如陈冬冬那儿。

五、《酷暑的日子》

一个星期后，叶丹去了陈冬冬的公司。和去年的夏天一样，那依旧是一个炎热的上午。

叶丹进了那幢大楼，坐电梯上去，走进陈冬冬的办公室。陈冬冬瘦削的模样和去年一样，没啥变化，他还是用沉静温和的微笑来迎接叶丹。

陈冬冬先把一摞新出版的《异国文学》交给了叶丹，里面有一篇是叶丹所翻译的L女作家的《该结束了》，叶丹欣慰地坐在椅子上，翻开了书页，看见里面介绍L女作家生平的那一页上还印了女作家的肖像照片。由于这个已经高龄并且在晚年削发为尼的女作家在日本的知名度相当高，叶丹觉得自己能头一个把她介绍给中国的读者也是挺荣幸的。

陈冬冬把翻译费付给了叶丹，收下钱签完字后，叶丹把一本从东京带来的小说交给了陈冬冬，里面有一篇小说是她想翻译的，名为《酷暑的日子》，她简略地向陈冬冬介绍了一下内容。

这篇小说的作者是一个年纪不算大的小伙儿，同那位看破了红尘的L女作家相比，他在年龄上该算是孙子辈的。去年，他凭这篇小说获得了芥川奖，顿时人气大涨。叶丹也是在电视上知道了这个消息，后来她才看了这篇小说。

叶丹向陈冬冬替这篇小说做了保证，声称里面既无色情也无政治方面的话题。陈冬冬听了朝她微笑地点点头。他对叶丹的选择能力已经完全放心了,明白她不会给他带来出版上的麻烦。

随后,叶丹从包里拿出了一本黄都云给她的《无聊的后果》,送给了陈冬冬,还告诉他这本书在日本其实已经畅销了近三十个版次了。

陈冬冬把书拿在手里翻了翻,告诉叶丹,他尚不了解这个女作家。如果在日本那样畅销还拍成了电视剧,大概也能受到中国读者们的欢迎。

叶丹忙说,她眼下正在翻译H女作家的另一本畅销小说,名字叫《麻烦的友情》,也有男女恋爱方面的内容,如果陈冬冬有兴趣,可以放在他所在的出版社出版。

陈冬冬向她摇摇头,说希望她找别的女作家,从来没有在中国出过书的那种女作家,他可以设法搞一个文学系列,比如说日本女作家现代小说系列。

叶丹听了有点高兴又有点沮丧,高兴的是能够在陈冬冬的出版社出单行本是一件有名誉的事,沮丧的是《麻烦的友情》已经翻译了一大半,再放弃等于白白浪费自己的精力。

她振作了一下自己的精神,向陈冬冬表示,自己秋天回到东京以后一定会去书店和图书馆寻找,因为日本现代的女小说家非常多,肯定能找到合适的有趣味的作品。

陈冬冬说,他正在筹集出版日本的那个很有名的男现代作家C的小说集,版权也已经买下来了,版权费花了出版社不少的钱,是一个中原某大学的大学教授翻译的,他估计没有销售方面的担忧。因为这个作家的作品曾经在国内出版过,很受男女年轻白领们的欢迎,而在上海,这样的读者很多。

叶丹早已知道这个作家和他的作品。他的文笔很流畅,思维也很活泼。但是,在他轻松活泼的文体中有一种忧郁的氛围。

其实,许多著名的日本小说家的作品中都有一种东方式的忧郁。这种忧郁还蒙上了一种唯美的色彩,文学爱好者如果到京都奈良镰仓金泽等星罗棋布的寺院散步的话,会觉得自己正置身于那些小说家所描绘的意境之中。

其中,最有代表性的作家是三岛由纪夫和川端康成。

和活跃在当今日本文坛上的C作家不同,三岛由纪夫和川端康成都已经是故人了。

1970年,三岛由纪夫自杀;1972年,川端康成自杀。

这两个人都不是抑郁不得志的作家,川端康成其实已经获得了诺贝尔文学奖,他没有对自己的自杀做出说明。

C作家和他们不是同时期的作家。他笔下的人物不是生活在农耕社会的日本,而是生活在现代化的深受欧美文化影响的日本城市里。

但是,那种东方式的忧郁还是渗透在他的小说中,这种忧郁的色彩是真实的,是作者心灵对外界生活的感受。

叶丹知道他们的作品都有相当唯美的一面,但是,她仍要避开从他们文字中散发出来的忧郁,避开他们笔下的人物对人生绝望情绪的传染。叶丹害怕自己会和他们产生共鸣。

六、饭　局

这个夏天,叶丹很忙,她不仅没时间坐下来静心地翻译,连坐下来看书的时间也没有。

在各种忙碌中,参加饭局也占了她的一些时间。

有些饭局她去过就忘了,有些她后来一直还记得。

有一次,她参加了王太太主持的一个饭局,在一家广东人开的粤菜馆的包房里进行的,饭局上有王太太和王先生的家人及朋友。

叶丹那天带着儿子一起参加。在宴会的中途,叶丹拿出了几本《无聊的后果》,送给了王太太等人,并向王太太和王先生表示了感谢。如果没有王太太的牵线,她就无法认识黄都云和林道秀,这本书也就无法出版了。

王太太的哥哥这一天也来了,他的名字叫孙亭,这天他穿了一件黑绸子的中式褂子,挺长的头发还是烫过的,虽已年过六十,瘦瘦高高的样子仍显得很潇洒。

孙亭平时写书法画国画,在上海的市民社会里有点儿名气,后来借着上海的城市文化热,他还曾上过电视,做那种名人访谈的嘉宾,内容主要是谈自己在艺术道路上的艰辛。

这天晚上,他的兴致不错,喝着绍兴酒吃了炸乳鸽和广东叉烧,又点了一支王先生递给他的中华牌香烟,拿起了叶丹给他的《无聊的后果》,端详了一阵子书的封面,朝叶丹摇摇头,说这个封面设计得实在太俗气了。

叶丹听了他的话只好朝着他笑,设计这个封面的黄都云是王太太的朋友,虽然他今晚不在场,叶丹仍感到自己不能随意地发表意见。

孙亭后来对叶丹点化般地说,你既然在上海出书了,不妨认识点儿上海文化界的人,这样做应该是有利无弊的吧。

叶丹赶紧向他点头,她本心不想巴结名人,但觉得孙亭的建议纯粹是为她着想,自己不能辜负他人的一片好意。

正在喝一碗汤的王太太听见了哥哥的话,放下勺子朝叶丹笑着说,你就让他给你安排吧,他和那些人都挺好的,刘作家呀,章作家呀,还有康作家。

叶丹感激地朝着王太太笑了笑。这三个作家她都知道,他们都很有名气,不仅在上海,在全国都有不少人知道他们。她觉得王太太他们对她真是太好了。

宴席结束时,孙亭一边把叶丹的《无聊的后果》放进一个包里,一边同叶丹说,在家等他的电话通知就行了。

七、刘作家和章作家

过了一个多星期,叶丹接到了孙亭的电话,按照他的吩咐,她和正在上海出差的丈夫一起,领着儿子去了一家饭店。

这家饭店开张不久,位于上海市中心的一处旧式洋房里,主打上海菜。

叶丹一家到的时候天已经晚了,但是别人还没有到,不过孙亭和王太太很快就到了,王先生有事不能来,王太太带来了她正在上中学的儿子,还有一个二十多岁的女孩子跟着孙亭来了,女孩长得清秀苗条,孙亭称她小萌,她称孙亭为老师,她好像正在跟着孙亭学习书法和国画。

不一会儿,刘作家和章作家也到了,康作家却没有来,章作家说他已经接到了康作家的电话了,电话是从杭州打来的,此时康作家正同一伙人在杭州旅游,所以来不了。

叶丹虽然从未进入过上海的文坛,对刘作家和章作家还是早有所闻的。尤其是刘作家,她小时候就在很多儿童读物上看见过他启蒙儿童思维的作品。章作家是专业从事戏剧工作的,叶丹虽然没有看过他写的戏,却也知道他的名字和名气。

孙亭担当起了一个中介人的角色,他为彼此陌生的两伙人做了介绍,然后便招呼大伙儿一起入了席。

这天晚上的宴席和惯常的宴席一样,服务员先给大家上了冷盆和酒类饮料,大家一边吃一边聊,叶丹后来把那天吃的菜都忘光了,只记得有一道冷菜是用绍兴酒浸过的新鲜河虾,吃在嘴里感觉特别鲜美。

席间,二位作家和孙亭、王太太聊了一些他们熟悉的人和事,章作家比较健谈,刘作家比较沉默。

当大家的热聊劲头下去一点的时候,叶丹从自己包里拿出了几本《异国文学》和《无聊的后果》,分别恭敬地递给了刘作家和章作家。

刘作家长得其貌不扬,皮肤挺黑,叶丹没有调查过他的履历,却主观地根据他长得有点儿老农民的风貌便认为他是个草根出身自学成才的作家。所谓草根出身,自然是指在贫贱环境中长大的人。叶丹没想到,多年后她才在一篇文章中看到,出身于南方一个小城的刘作家其实是很富裕的大家庭出身,他的父辈当年在那个小城拥有四家和金融有关的企业。

这天晚上,经历过潮起潮落、花开花谢的刘作家的内敛和孙亭的张扬恰好形成了鲜明的对比,刘作家拿到叶丹的书以后向她露出了和善的微笑,他其实有一种内在的儒雅,戴着一副黑边眼镜,没有一丝一毫文人中常会有的那种轻狂或虚伪。

刘作家告诉叶丹,有一个从上海移居日本的女名人和他很熟悉,叶丹立刻表现出吃惊的模样,她虽然不认识这个女人,但是知道她,因为她的名气确实在东京的华人中挺响的。

刘作家还说,他的两个女儿现在都在美国生活和工作,他也去美国旅游和居住过,那儿的生活确实各方面都不错。

叶丹则以一种敬仰的语气说,自己从小就看过刘先生写的许多文章,那些登载了刘先生作品的儿童读物伴随着自己的整个童年时光。

刘作家只是朝她谦虚地笑笑,此类话他一定在许多社交场合都听过了。

实际上,刘作家后来是改行了,不再写那些适合儿童看的作品了,专门写一些和现代史有关的书籍了。由于某些规定,他写的一部分书籍无法在中国大陆出版,只能在海外出版。

叶丹后来知道,刘作家有一个亲戚,这个亲戚的工作能帮助他接触到一些史料,这些史料普通人无法看到。不过,这些史料并不是真正机密的资料,倘若公开也没有轰动的效应。

刘作家老家的那个南方沿海小城市在中国很有名气,这个地方的人们在改革开放后创造了不少的经济奇迹,所以那儿的人被称为中国的犹太人。

刘作家的身上其实也体现出这方面的素质。就是说,他非常勤奋,属于相当高产的作家。在写作上,他没有趋炎附势、投机取巧的倾向,而是扎扎实实,像埋头犁地的老黄牛。

遗憾的是,他写的一些纪实历史作品虽然没有一点儿和现代政治有冲突的地方,仍无法在大陆出版,肯定让他感到郁闷。

叶丹后来一直记得刘作家眼睛里的忧郁。

章作家和刘作家的神情完全不同,他其实不算客人。

孙亭昨天在电话里和叶丹说过,这一家开张不久的饭店股东中有一位是章作家,另外的股东里还有康作家,刘作家则不相关。

本来,章作家有一份名气挺响的官职,几年前,他因为种种因素辞去了这份职务,也算是一个小小的文坛事件吧。他这么一来等于脱离了体制,现在参股这个餐馆也意味着他下了商海。

其实,无论在哪个国家,做一个独立的知识分子都不是一件容易的事情。欧美也好,其他国家也好,这些人首先都面临着吃饭的问题。

章作家多半有着同样的困境。

章作家和刘作家不一样,刘作家是专门写纪实文学的,他只要手头有数据,有写作的热情,就可以一本本地不断地写,最后只要找到愿意出版的地方就行了。

章作家是写戏剧的作家,剧本不同于小说,剧本只是半成品,要有导演、演员进行再创作,展现在银幕舞台之后才算成品。

当年,章作家写的戏剧曾经在舞台上进行了表演,在观众中和文化界产生过轰动的效应,这些造就了他的名声和地位。然而,和那个年代一样,这些戏剧都有浓郁的意识形态色彩,政治上虽然是正确的,却和后来的时尚潮流及商业变化不合拍了。整个社会的文化空气变化太大,章作家也好,其他写戏剧的作家也好,都难以写出既能通过审查又能收到票房的作品。

章作家在文艺单位做领导时,等于有着两种身份,一个是作家,另一个是官员。待他辞去了官职以后,等于只剩下作家一个身份了。可是，他写的戏剧无法上演的话，就等于他作家的身份也名存实亡了，估计也是因为这个才开了这家饭店。

刚刚进入新世纪，中国和上海的经济都才只有小小的起飞，大部分人手里没有多少余钱，舍得花钱上馆子吃喝的人没有后来那么多。所以，章作家参股的饭馆如果再晚开七八年的话可能就兴旺了。

这个饭馆的定位也比较高端，上海的市民比较节俭，既不像广东那里的人们对美食那么追求，也不像北方人那样喜欢在馆子里摆排场，所以难以形成车水马龙的兴旺景象。

孙亭兄妹俩介绍叶丹一家人来这儿吃饭其实也是想一举两得，既让叶丹和刘作家、章作家混个脸熟，又让这家饭店的生意能更好一些。对叶丹是锦上添花，对章作家是雪中送炭。

但是，市场经济有它本身科学严酷的一面，做买卖确实需要各路朋友的帮助和捧场，但是就像运动员要有好的教练带，可最后还是要靠自己的素质和努力才行。

这家饭店的颓势已经有所显示了，客人稀稀拉拉，从坐在桌边的章作家脸上，看不到一般饭店老板对食客的那种迎财神笑脸相迎的样子，而是有点和刘作家类似的矜持，另外有一点抑郁和沉闷，还掺杂一点傲气。

饭店老板可以是很高调的人，但是那样他就必须一直躲在幕后，不和普通顾客接触，或是光接触有头有脸的客人。要和平头百姓顾客接触的老板就要有些点头哈腰的样子。然而章作家不仅是文人还当过官，要他彻底放下身段可能也困难。

当然，名人名士也有可能开出很红火的饭店，这种老板要么只出资，啥都不插手，要么他有一个规模很大的名人名士圈子，这些名人名士必须手中有不少能随意消费的钱，并喜欢同为名人的老板的为人，还喜欢并尊重厨师的手艺，到了这个饭店里能看见和自己同一个层次的群体，大家彼此惺惺相惜，可以在夜晚的灯红酒绿中把酒言欢。

然而，在世纪交替之际的上海还没有来得及形成很多这样的群体。

章作家翻了一下叶丹的书，样子不太感兴趣，他在席上逗着叶丹的儿子玩了一会儿，给他夹菜吃。

叶丹虽然想和章作家攀谈，却找不出在这里能说的话题，以前知道他的戏，那些戏的政治性很强，和老舍的《茶馆》及曹禺的《雷雨》完全不同。

不过，孙亭和孙太太两兄妹都很健谈，他们说的有笑话、有八卦。孙亭带来的那个年轻女孩子话不多，低眉顺眼很温存的样子，她拿到叶丹的书以后显得很高兴，看得出来她乖巧伶俐，常常给他人斟茶斟酒。

席间，孙亭还给叶丹与刘作家、章作家拍了合影照，这两张照片后来一直夹在叶丹的照相册里，每当她看见照片就能回忆起那场宴会。

估计刘作家和章作家经常会被人请求合影，所以，照片上他们的样子都很沉着冷静。

埋单时，叶丹的丈夫支付了七百多元，孙太太悄悄告诉他，这已经是打过折扣的价格了。

分手的时候,大家互相握手道别,章作家依然有些抑郁,他也没有说欢迎下次再来之类的话,估计他也知道这个饭店开不长了。

叶丹后来没有再见过刘作家和章作家,刘作家后来继续写了不少和现代史有关的纪实作品,在港澳台等地发表,叶丹其实挺喜欢看这方面的文章,她发现不少研究现代史的人用他的书做过参照。

章作家后来好像没有再经商,他似乎写过一些文章,曾和一个文化名人有过一点小纠纷,还写了一部政治气息浓郁的戏在香港上演过。

八、康作家

孙亭是个热心肠的人。到了八月底,叶丹已经在整理回东京带的行李时,他忽然打电话到叶丹家,邀请叶丹去参加一个他主持的聚会,聚会上他要宴请一些朋友,叶丹没有见过的康作家也来参加,所以他让叶丹一定来,认识一下康作家。

第二天下午,上海晴朗的天空碧蓝如洗,叶丹打扮一番后去了淮海路。她从小就熟悉这条路,只见两排梧桐树依然整齐地挺立在道边,夏末的知了仍躲在树叶中吟唱,一切都和她幼年时似乎没啥两样。

餐厅开在路旁一幢楼房的二楼上,叶丹站着等电梯的时候看见孙亭来了,后面还有康作家。叶丹以前在报纸及其他刊物上看见过康作家的照片,所以对他的模样是有印象的。

进电梯时,孙亭向康作家介绍了叶丹,然而康作家却说以前见过叶丹,叶丹听了不由得笑了。

叶丹想,康作家毕竟有些年纪了,经历的事情多,认识的人也多,在记忆里把她和某个女人搞混也不算太奇怪。

大家出了电梯后,一起走进了餐厅的一个包房。

孙亭召集这个午宴有自己的目的,他想把自己多年付出了不少心血的书画拍照翻印,然后出版一本册子,却不知道这件事具体应该怎样操作。

不久,孙亭请的人陆陆续续地都到齐了,他们全都比叶丹的年龄大了很大一截,同她属于两代人。叶丹当时以及后来都不知道他们的姓名,只知道他们都是在文化行业里工作,也许他们多少写点东西,和名气很响的康作家是望尘莫及的。

饭局中,做东的孙亭一直情绪高昂,只是他身边缺个助手类的人物,点菜之类的事情都得他自己做。他后来告诉叶丹,那个跟他学画的女孩小萌本来是要来的,无奈突然得了感冒,还发了高烧,只能卧床休息了,妹妹、妹夫都去香港跑一个买卖了,否则也会来。

孙亭点了不少广东美食,为他们叫了绍兴酒,生长在上海的上岁数男人均爱喝绍兴酒,有的人喝着喝着脸也开始泛红了,大家共同享受着这个夏末愉悦的周六夜晚。

和以前同样的老一套做法,叶丹在酒席的中途拿出了包里的书,送给了康作家。

康作家坐在她的旁边,叶丹告诉他自己住在东京,他便和她聊了一会儿。康作家已经将近七十岁了,和刘作家、章作家相比,他的年龄最大,不过也只大了两三岁。

尽管康作家的年龄最大，叶丹却感觉他有一种少年般天真烂漫的气质。

人的这种气质是天然的，装也装不出来。倘若一个年近七十的老者硬要给自己装扮一种少年般的天真烂漫，不仅只会失败，还能把旁观的人都给恶心死。

但是，有一句话人人皆知：性格决定命运。康作家的命运就可以用这句话来解释。

叶丹没有混过文化圈，她对康作家并不了解。所以，她看康作家的眼光没有丝毫先入感或者偏见。她仅是把康作家和前些天见过的刘作家、章作家在心中做一下比较。

人的性格可能和长相也有关系，一般漂亮的小孩子会比普通的小孩子更阳光活泼。康作家的模样与貌不出众的刘作家、章作家完全不同，他五官清秀，皮肤很白，说话时面带微笑，语音好听还是字正腔圆的标准普通话，很像舞台上演员的念白，却不会给人装腔作势的感觉。这恐怕和他曾经多年从事戏剧创作有关。

叶丹感觉，对于女性来说，康作家远比刘作家和章作家有吸引力。

刘作家和章作家给人的感觉有点儿像岩石，严峻有余，活泼不足，和柔情似水之类的形容连边都不沾。康作家就不同了，把他形容成高山流水或小桥流水当然也并不合适，可他给人的感觉总是和水方面的特性有点儿联系。

还有，一般说来，一个人到了晚年，他的人生经历往往会体现在他的外貌上，康作家却不是。

叶丹后来想,这可能和康作家不喜欢生闷气的性格有关系,他爱倾诉,爱倾诉的性格与作家职业相符合,人的写作本来就是个体向外部世界真心倾诉的过程。

那一天晚上,宴席上的人们七嘴八舌话都很多,叶丹后来基本都忘了,唯一只记住了康作家说给她听的两件事。

头一件事,当时电视上正在热演一部长篇清廷戏,收视率非常高,叶丹也是有时间就喜欢夜晚搬个凳子坐在那儿看,有几次放片尾时,她看见了康作家的名字。就是说,这部电视剧的剧本是好几个人分头写的,康作家承包了当中的三部。从小时候受过私塾教育的康作家几十年的写作经历来看,编这样的剧本对他来说完全不是难事。

这天晚上,大家也聊到了这部正在热播的电视剧,只听见康作家坦率地告诉大家,他当初写这个剧本时每剧只有三千元的稿费。没想到后来如此地热播,估计制片人、导演都赚了不少,详情他也不知道。后来,他曾在某地遇见过导演,导演不太好意思地向他打了招呼,当然仅仅是口头上寒暄一番而已。

另一件事是专门向叶丹说的,他的意思是海外常有媒体来向他采访,有欧美和中国港澳台地区,只有日本的媒体每一次采访都会向他付费,美国的媒体有时候付,有时候不付,有些地区的媒体基本上不付钱给他。

叶丹听了这些觉得很开眼界,对于整个社会来说,都不是大事,只是一些细小的事,对于个人来说就是大事了,充分地体现出了人心的险恶。

康作家已经是一个名副其实的老人了,他的辛勤笔耕和他远超别人的才华不应该被随意地盘剥压榨。这种事和包工头剥削克扣民工的工钱没有多大区别。

总的来说,这也象征了集体和个人的关系,康作家只能代表他自己,他所面对的都是集体,明显力量对比不平衡,他很弱势。

孙亭和康作家的关系还是很亲密的,宴席结束的时候,孙亭特地叫厨房做了些菜给康作家带回家去,因为他听说康作家的太太这几天身体欠佳。

此外,孙亭和上次一样,给叶丹和康作家拍了几张合影,这几张合影一直被叶丹珍藏着。

若干年后,叶丹认识了一个在上海文化机构里工作了几十年的人,这个人知道很多文化界的内情。有一次,他和叶丹等人吃饭的时候多喝了一些酒,东拉西扯地说到了康作家的事。

康作家的人生起起伏伏,波折算是相当大的。如果把这种波折称为倒霉的话,他有过三次大倒霉。

最后一次和章作家一样,他失去了一份挺重要的官职,不过章作家是主动放弃了一份官职,康作家则是被解除了一份挺重要的官职。

他这份官职被解除的起因相当戏剧化,有些人认为他是被人下套、被人暗算了,也有人认为他太天真、太老实了。

叶丹觉得,作为个体的人来说,康作家可以按照自己的喜好来生活。可是要做一个有点地位的官员的话,他就不得不过一种严谨的生活,不能想啥说啥,也不能有啥说啥。

康作家是官场倾轧的败者,容易被冷枪暗箭射中。兔子是斗不过猛兽的,官场不适宜他这样率真的人生存。

康作家还有一个重要的特点,他太容易得到女人们的欢心了,他当然也喜欢女人。见过他的叶丹觉得,和那种变态丑陋包养大量情妇的贪官富商相比,康作家是一种不同的男人,他有点像一个天真烂漫的少年,一边欢乐地走在春天的原野上,一边尽情地采摘五彩缤纷的鲜花……

第三章　文学类别

一、《爱情迷宫》

回到东京，空闲下来后，叶丹就开始继续翻译了。

她先是把尚未完成的《麻烦的友情》全部译好，整理好。又花了一段时间将那篇得过芥川奖的T作家所写的《酷暑的日子》翻译出来，寄给陈冬冬，预备明年登载在《异国文学》上。

做完这两件事后，叶丹便去书店和图书馆闲逛和寻找了，要找到真正适合的小说也不容易，越找越觉得日本的小说多得像汪洋大海，叶丹自己像个大海里捞鱼的渔民。

有一天，叶丹坐在家里看报纸，她看报纸时一直很注意报纸的文学文艺栏，因为里面经常会报道日本文坛的一些消息。

这一次，她看见报上介绍了一个比较年轻的日本女作家，说她的一本名为《爱情迷宫》的长篇小说获得了这个年度的文学奖，奖项的名称为吉川英治文学新人奖，这种奖专门授予大众小说。

引起叶丹注意的不是这个奖，而是一篇短短的介绍这本小说的文字。从这个简单介绍来看，这本小说既有恋爱小说的内容，又有推理小说的风格。叶丹看到这儿觉得眼前一亮，有了新颖的感觉，心想必须把这本书找来看一看。

下午，叶丹得去买菜，她买菜的超市名为伊藤屋，从她家步行需要二十分钟的路程。这个中型的超市共有两层楼，一楼的一端有一家书店，叶丹在买菜之前先进了书店，她急迫地想找到那本获奖的《爱情迷宫》。

书店的书理得很整齐，在新刊小说的架子上，叶丹没费多大劲就找到了这本名为《爱情迷宫》的小说。

后来，叶丹又查了一些数据，知道写这本小说的M女作家以前是专门写少女小说的，她走上这条道路是因为做年轻白领时有些无聊，利用业余时间写了一本小说后获得了当时的少女小说奖，这个奖就像给M女作家亮起了文坛道路上的绿灯，她陆陆续续创作了不少少女小说风格的作品。

后来，随着年龄的增长，她的少女情怀逐渐减少，创作的方向也开始改变了，就像这本《爱情迷宫》，它适宜年轻妇女和中年妇女看，不像少女小说那么幼稚和天真烂漫了。

叶丹很欣赏日本小说的这种分门别类，她觉得确实应该有各种归纳。

就像那些紧跟时尚的服饰打扮，各个年龄段的妇女自然有各自不同的选择。年轻的女孩子可以选择能突出自己年轻清纯一面的服装发型，中年妇女可以选择突出自己性感成熟或富裕的服装发型。

看小说也一样，如果书店里只有一种类型的少女恋爱小说，没有其他可供选择的小说，然后一个女人到了中年还成天喜欢阅读这种小说，并沉浸在里面，她可能会在男女恋爱方面一直很浪漫幼稚，总是成熟不起来，面对情事就会很弱智甚至显得疯疯癫癫。尤其是当她遇见了丈夫变心之类的问题时,她的处理方式会像少女一样简单冲动,学不会中年妇女该有的成熟练达,总把自己当成青葱少女,最后和丈夫南辕北辙,挽回不了婚姻,阻止不了家庭的破裂,最坏的结局就是患上忧郁症等疾病。

叶丹在自己几十年的人生中见到过许多不幸的女人,她们有些人是受命运的拨弄,有些不幸是她们自己造成的。

叶丹认为,看文艺小说是接受情商教育的重要办法,不同年龄的女人在生活中会遇到不同的问题。

这一天晚上,叶丹忙完了所有的家务后,就迫不及待地看起了新买的这本《爱情迷宫》。

叶丹看过的爱情小说很多,一般水平的书对她吸引力不大,可是这本《爱情迷宫》的广告宣传没有夸大其词,没有让叶丹感到失望。

M女作家在书中成功地描绘出了一个深深陷落在爱情泥沼中的不幸女子。这个M女作家的叙事能力相当娴熟,就像那些优秀的侦探小说作家一样,她像面对着读者剥一个洋葱,不紧不慢,有节奏地一层又一层,最后的最后才水落石出,把一个小故事套在一个大故事里,尽情地展示了她的文采,体现出她对故事情节的掌控能力。

叶丹花了三天的时间就看完了这本书。然后,她很兴奋地给陈冬冬打了国际长途电话,告诉他自己找到了一本很有趣的以恋爱为主题的小说,征求他的意见。陈冬冬回复叶丹,说可以出版这样的书,他相信叶丹的眼光。

得到了陈冬冬的同意之后,叶丹便有了信心。以后,只要有空闲的时间,她就在桌上摊开这本《爱情迷宫》,逐字逐句地认真翻译了起来。

忙碌而又精神充实的生活让叶丹觉得每一天的日子过得很快。新年很快就来了。转眼到了二月初的时候,叶丹手里的《爱情迷宫》还剩下一小半没有译完,她却不得不暂时停顿了这项工作。

二、富二代老板

叶丹在东京有一些华人朋友,其中有一个姓田的华人和叶丹认识了好多年,他知道叶丹经常做一些文字翻译工作。

有一天,他打电话给叶丹,说有一个日本朋友托他物色一个文字翻译,帮他译一本书。田先生受到这个委托之后琢磨了一阵,觉得只有叶丹干这事最合适,报酬也可以,希望叶丹去和这个姓铃木的日本人见见面。

叶丹听田先生这么说,寻思了一下,觉得自己可以接受这个事,《爱情迷宫》虽然搞到一半,可是陈冬冬那方面并没有给她设下时间期限,延迟多久都没有关系,她有充分的时间自由。

过了几天,一个周末的下午,东京街头没有丝毫早春的迹象,依旧寒风凛冽。叶丹让丈夫带穿着厚大衣戴着绒线帽的儿子去新宿御园散步,自己穿了一件深藏青色式样保守的羊绒大衣和一双高筒高跟黑皮靴,坐着山手线去了田先生指定的那个车站。

刚走出JR车站的检票口,叶丹就看见了个子不高的田先生和一个陌生的穿一身西服的中年男人,他们站在那儿正等着她。叶丹立刻微笑着加快了步伐,走到他们跟前,田先生见她很准时,显出了心情挺好的样子,笑嘻嘻地给他们互相做了介绍。

铃木先生的个子挺高,皮肤有点儿黑,他开着一家很小的公司,公司的业务都和文化出版方面有关,通常把这种公司称为事务所。

他们进了一家车站边的咖啡馆,咖啡馆里温暖如春,与外面像两个世界,空气中飘荡着香喷喷的烘烤咖啡豆气味。大家脱去外套,分别坐入了墨绿色松软的皮沙发里。

铃木问叶丹想喝什么咖啡,叶丹要了一杯摩卡,女店员送上来了以后,她就一边小口地喝着咖啡,一边专注地倾听铃木对那项工作的说明。

叶丹后来听田先生说,铃木早年毕业于一所著名大学的文学系,然后就进了一家大出版社,干了若干年后,他开始步入中年,便独立了。

所谓的独立并不是真正的独立,而是指他建立了一个小公司,从他原先工作的大出版社脱离了出来。

然后,他经常去大出版社接一些业务,这些业务往往是大出版社忙不过来派发给他的,所以他的这种小公司和大出版社的关系有寄生性或者说是依附性的。当然他也完全可以到别的地方去找活儿干,他的公司自由性还是有的。

大出版社的名字叫LLL,它比较老牌、比较有名气。出版社的生意有时很忙,有时很淡,有时人手不够,却不能雇太多的雇员。像铃木这样的小公司可以在大公司繁忙的时候帮忙救急,避免放走了客户。

这一次,铃木接到了一件油水挺大的活儿,但是他自己干不了,所以求救于田先生。

有一家企业的名称叫SL,已经成立了好几十年,规模虽然不是特别大,生产的某些产品在技术上却特别牛,占据了某些领域的垄断位置。

近年来,随着全球经济的发展和交流,它的产品在海外占有的市场也越来越大了。所以,它决定未来到中国投资开办工厂,当地生产、当地销售,省去货物的进出口及运输的麻烦。

本来,SL企业的发展战略和叶丹没有一毛钱的关系。

SL企业本来有一个原始创业者,也就是富一代或者说是创一代,俗称大老板,但是大老板年事渐高,就把事业传给了他的大儿子,大儿子等于是富二代。

到了大儿子手里的江山很稳固,公司天天良性地运转,员工们个个敬业,财务状况无须操心,富二代老板过于清闲,就提笔写了一本书。他比那些败家型的富二代强多了。

富二代老板写的这本书不是用来吹嘘自己,也不是吹嘘自己的家族或是他们的企业。

他在这本书里满怀激情地描绘了未来的社会图景,虽然不是科幻小说,却带点儿科幻小说的色彩。

后来,叶丹一字一句地把这本书的内容翻译成了中文,她估计,除了那位想象力丰富的富二代老板,世界上第二个熟悉这本书的人就是她了。

叶丹感觉，这个从小没有为吃穿发过愁的富家公子在受过良好的教育并看过大量科幻小说之后，想象力就像一匹横空的天马，非要把他头脑中的东西向世人倾吐出来才行。不过，和大量平庸的富二代相比，这个富于想象力的富二代精神还是可嘉的。

照理，LLL作为一个颇具规模的出版社，能够有人来翻译这本书。这事落到叶丹头上，肯定有一些奥妙。

叶丹看不到证据，只能连蒙带猜地推测。

就是说，SL公司是一家做实业、有自己独特技术的企业，新当家人富二代老板有点儿人傻钱多的味道。

未来，SL公司预备去中国开辟市场，要把这本凝聚了富二代老板思维精华的书翻译成中文，将来可以给华人员工们阅读。

这样的情况下，出版这本书既是富二代老板的个人行为，也是SL公司的发展战略。老板向LLL出版社开出的经费一定相当优厚，不差钱，只要能翻译得好。

不过，这个业务和LLL出版社平时搞的业务不同，它没有市场销售这一环，只须翻译编辑和印刷就行了。LLL出版社把这件事承包给了铃木的小公司，让铃木能够挣些钱。

究竟里面有多少利润，叶丹最终也不清楚。反正SL是家财大气粗的公司，老板也是财大气粗的人，不可能斤斤计较。这笔生意对铃木来说是一件美好的生意，可是真正付出劳动力的是文字翻译的人，当然翻译的水平是大有讲究的。

铃木一定反反复复地琢磨过这件事，他肯定想从中尽可能多地挣些钱，但也不能把这件事办糟了，所谓办糟了就是把这本书弄得很差，在书的装帧设计、排版、印刷方面他都有把握，唯一没把握的方面是翻译，因为他不懂中文。

后来他就想到了他的华人朋友田先生，他要田先生替他找一个能翻译的人，田先生第一时间便想到了叶丹。

根据田先生的介绍，他对叶丹的两个方面都算满意：一方面，田先生说叶丹的翻译水平没有问题，因为已经有她翻译过的书在中国出版了，她在日本生活的年岁不少了，对日本已有足够的了解；另一方面，叶丹是一个心眼儿单纯的女人，不会在金钱方面计较纠结，她本身也不是生活困难的女人。

虽然出书看上去是一件高雅的事情，可是只要这件事能成立，铃木在理论上就等于一个小包工头，叶丹就等于小包工头底下的一个雇工，他们彼此既要相互依存又是雇佣关系，叶丹必须受到一定的剥削才行。

坐在咖啡店里，铃木用一种考察的眼光看着叶丹，他想知道田先生没有骗他，叶丹能保证是一个不贪不滑的女人。

除了观察，铃木还要亲口向叶丹交代这件事情。他交代完了之后，还嘱咐叶丹不能把这件事告诉别人。叶丹觉得他的保密思维挺滑稽、挺莫名其妙。

铃木那种神神秘秘的样子说明了SL公司给出的条件相当优厚，他要叶丹保密其实也是堵住她的嘴，防止她去打听这方面的行情。

除了老实，他对叶丹还有一个要求，他要叶丹先把这本书译出两页来，电传给他，他觉得合格了，再和叶丹签订一份合同。

叶丹心想他不懂中文，咋能知道她的水平呢？后来她想明白了，东京找个懂中文的人很容易，铃木只要出点儿钱，找个人来看看叶丹的翻译水平就行。

叶丹没有一点儿商人的意识,铃木要她怎样做她就答应怎样做,所以两人谈得很顺利,田先生只是坐在一边儿听着他们的对话,他仅仅是友情帮助,不参与任何利益分配。

三、《预想未来》

第二天,叶丹把这本书名为《预想未来》的作品翻译了两页,电传给了铃木。

几天后,铃木通过邮局给叶丹寄来了一个大信袋,信袋里装了一份合同,合同的条例相当细致,叶丹头一回签署这样的合同。她签完后通过邮局把合同返还给了铃木。

合同上要求用两个月的时间把这本书译完,叶丹觉得时间有点儿紧,不过抓紧些能够来得及。因为书不算厚,内容也并不深奥。

叶丹向丈夫打了招呼,让他在两个月里多配合,家务事能帮就帮,帮不了看她做得马虎了也别生气。儿子那儿她也进行了说服,两个月之内无法带他去公园和游乐场所玩儿了。

和以前一样,叶丹翻译这本书时很投入,她聚精会神,通过作者的文字竭力地探索他想表达的东西。这个过程也是接近作者内心灵魂的过程,估计任何读者都不会比她走得更近了。

叶丹一边译,一边觉得这个富二代老板是个挺好玩儿的人物,由于他从小就在物质和精神很优越的环境里长大,结果和平民百姓之间的距离相当远,内心挺纯净,既天真,又比较有才气。

叶丹以前看过日本一个著名食品公司老板写的奋斗史,他是富一代也是创一代,他那本书的内容和《预想未来》完全不同,详细地描写了他创业道路上的艰难困苦。

那家食品公司后来从一个小微企业发展成为拥有大量连锁店的上市公司。叶丹记得,那个创一代老板在书中写出了他当年的迷惘和动摇。

当年,创了业以后,他引领着另外两个共同创业的合伙人一起在他们的小店里从早到晚干得昏天黑地。后来,由于太辛苦并看不到乐观的前景,他甚至想到了放弃,只是没有放弃的契机,他曾暗暗地想,自己如果病倒就好了,那样就顺理成章地关门大吉了。

后来,他们当然是成功了。

可是,若干年以后,一个合伙人由于积劳成疾过早地离开人世,他的家属则一直拥有这个公司的不少权益,典型的前人栽树后人乘凉。

另一个合伙人则和他并肩前行,到了后期,作为一家著名企业的大老板和二老板,两个人终于在经营方向上发生了分歧,二老板也离开了他,带着钱自己成立了一家公司。正所谓天下没有不散的筵席。

叶丹觉得,富一代和富二代的人生经历不同,他们完全是两个族类。

因为翻译《预想未来》有期限规定,叶丹不敢松懈,她紧赶慢赶终于两个月之内完成了,向铃木交出了这本《预想未来》的中文翻译稿。

后来,铃木照着合同的约定向她支付了近八十万日元的翻译费,叶丹则用这笔钱给上小学五年级的儿子报了一个课外英语学习班。这么做的时候她丝毫没有犹豫,叶丹从来就不喜欢那些奢侈品,她觉得把钱用在儿子的教育上是最有意义的。

若干年后,叶丹在中国的一家商店里看见了SL公司的产品,她留神仔细看了看,发现这些产品是在SL公司设立在中国的工厂里生产的,也就是说,SL公司已经成功地在中国展开了他们的事业,她不禁又想到了现任的SL公司那位富二代老板所写的《预想未来》,她还没有看到她所翻译的中文译本,照理她应该得到一些样书,估计是铃木不想给她看到……

四、成人女性小说

圆满地结束了翻译《预想未来》的工作,拿到了钱,叶丹轻松开心了很多。

一个春暖花开的周末,她和丈夫一起带着儿子去箱根痛痛快快地玩了一次。接着她又无所事事地懒散了两个星期,放松够了,她才从书桌的抽屉里重新拿出了没有译完的《爱情迷宫》,静下心来,一字一句地认真译了起来。

她估计,这本书在暑期之前能够完工,带着放暑假的儿子回上海后,她就能把译稿交给陈冬冬了。

叶丹翻译的时候想,国内的女读者们很需要看看这样的书。M女作家是写少女小说出名的,可是这本《爱情迷宫》像一道分水岭，证实她笔下的世界已经随着她年龄的增长而走出了少女小说的范畴。

她又想到某些著名的华语女作家，尽管她们的年龄很大了，精神世界依旧充满了少女情怀，创作出的文学作品并没有因为年龄的增长而变化，依旧天真、浪漫。热爱她们的女读者们也一样，对人生、对爱情的看法不因年龄的增长而变化。

男女情爱不是少男少女才会有，上了年纪的男女也应该有。只是，不同年龄段的男女情爱应该有不同的内涵和不同的形式。

爱情小说可以给恋爱中或者想恋爱的人起一种指南针的作用，也可以像镜子一样帮助读者看到自己。

这本《爱情迷宫》中的女主角就是一个渴望得到男人爱的心灵饥渴的女人。叶丹觉得生活中类似的华人女性挺多的，年轻的有，中老年的也有。有的人会因为陷得太深而患上忧郁症，甚至自损，或者向佛，还有的患病早逝。这些不幸的女人并不理解自己的心理问题，如果理解了，她们的问题就迎刃而解了。

若干年后，叶丹在东京的一个社交场合遇见过几个来自大陆的四十岁上下的女性，她们其实已经在东京学习、生活、工作十多年了。叶丹带了几本自己翻译的《爱情迷宫》分别送给了她们，她们非常高兴。

事实上，她们在语言、生活习惯上都已经融入了日本。可是，流畅地阅读原版的《爱情迷宫》对她们来说还是有些困难，即使能够读懂，也没有用母语来阅读小说时的愉悦或醍醐灌顶之类的精神感受。所以她们才特别欢迎这本叶丹翻译的以东京生活为题材、深度描写日本男女恋爱心理的小说。

七月底,叶丹又回到了上海。

在上海,她安顿好一些事情之后,就去了陈冬冬的出版社,把翻译好的《爱情迷宫》给了他。

对于这本《爱情迷宫》,陈冬冬和叶丹的意见基本一致,两人都认为M女作家的这本书写得非常好。叶丹向陈冬冬表示,自己希望这本书能大量地印刷发行,它在日本很畅销,在上海不愁没有读者买。她不知道陈冬冬有他自己的想法,不知道事情不是那么简单。

陈冬冬给了她十本新一期的《异国文学》,因为上面登载了叶丹翻译的那篇T作家写的去年获得了芥川奖的《酷暑的日子》。

叶丹有一些喜欢文学的朋友,她常把陈冬冬给她的《异国文学》送给他们,但是后来她就不敢送了,因为再送下去她自己手里也要没有了。

叶丹不知道《异国文学》的发行量是多少,她总觉得似乎不多。叶丹没有向陈冬冬多打听《异国文学》的事情,她的注意力已经开始转移到翻译单行本方面了。不过,她还是为下一年的《异国文学》准备了一个中篇小说,这次她已经带来了原版书,想让陈冬冬过目。

陈冬冬和过去一样,很相信叶丹的眼光,他让叶丹放心大胆地去翻译这篇小说。

此外,陈冬冬还告诉叶丹,他准备出一个日本女作家小说系列丛书。听他这么说,叶丹深受鼓舞。

不过,她坦率地对陈冬冬说,从商业角度来看,出版社应该专门出某一个女作家的小说,这种操作和捧红一个明星相仿,一个明星在电视上反复出现的话,观众自然而然地就记住了她,一个作家的书出得多了,名气自然就响了,书也逐渐地开始畅销了,当然前提必须是这个作家的书本来就写得好,用滥竽充数的东西来愚弄读者,让读者花钱上当肯定是不行的。

听了叶丹的这番话,陈冬冬沉默着,没有发表任何意见。

看着大智若愚的陈冬冬,傻傻的叶丹以为他不懂销售图书的诀窍,正需要自己这样的人来给他指点迷津。

第四章 林　丽

一、方菲菲和林丽

方菲菲和叶丹同岁，她们初识于幼儿园，后来小学和中学都是在同一个学校，一直有着联系。

这一天，叶丹兴冲冲地带着自己翻译的一本《无聊的后果》去了方菲菲家，她要把这本书赠送给爱看恋爱小说的方菲菲，却在那儿看见了许久未见的林丽。

当年，叶丹小学时曾和林丽同桌，那时两个女孩一直和睦相处，不仅彼此从未吵过嘴，还团结一致地对付过前排的一个男孩，因为他经常转过身来抢她们的铅笔或橡皮，这个大眼睛男孩是全校有名的皮大王。

成人之后，叶丹和林丽没有再见过面，这次她们却在方菲菲家中重逢了，两人都很感慨，坐在方菲菲家大客厅里的软皮沙发上，她们一边吃着方菲菲准备的冰淇淋和荔枝、西瓜，一边欢笑地回忆起小学的事。

拿着那本《无聊的后果》，方菲菲告诉叶丹，林丽一直在一家名为海派艺苑的出版社工作，叶丹不妨去她那儿寻找出版的机会。

叶丹觉得方菲菲说得很对，虽说和陈冬冬及黄都云都合作过，却都有点儿差强人意的感觉，若能有个真正合拍的编辑及出版社，那就太好了。

不过，林丽告诉她，她一直只做办公室里的事务性工作，没有涉足过书籍的编辑工作，但是她可以向叶丹介绍一些她出版社里的编辑。

叶丹听了朝林丽直点头，不管怎样，多认识几个编辑总是好事，就像武侠小说中写的那样，江湖上多一个朋友就多一条路。

方菲菲的家位于上海西区一幢高楼的最高一层，她生长在一个艺术家庭中，很善于把生活过得精致优雅、富于情调，在叶丹她们成长的年代，革命气息过于浓厚，所以她们同年龄的女人中，像方菲菲这样气质和修养俱佳的女人很少。

叶丹记得很清楚，她小学的最后一个暑期曾从方菲菲那儿借到过一本白话体的《武松打虎》。这本书很厚，传到叶丹手上时已经被传阅得很旧了，封面和封底都掉了，它其实也不是方菲菲父母的藏书，不知是谁借给方菲菲的，后来叶丹曾向方菲菲提起过这本书，方菲菲却不记得了。

叶丹之所以对这本书的印象那么深，是因为她从这本书上头一回知道了中国文学史上大名鼎鼎的潘金莲和西门庆的故事。尽管他们在书中都是反派角色，少女叶丹也深信他们都是坏人，可是他们的故事却深深地震撼了她，因为这和当时那些红色经典文学太不一样了。

这一天，她们三个人一起欢快地聊天，共同回忆了少女时期或喜或忧的种种逸事，又看了一部用DVD光盘放送的美国电影，是根据美国女作家伊迪斯·沃顿的小说改编的《纯真的年代》。

二、盗版书的故事

从那一天在方菲菲家重遇了林丽以后，叶丹又重新续起了她和林丽之间的友情。

在出版部门工作的林丽实践了自己的诺言，她给叶丹介绍了一些人。她的做法很像为叶丹打开了一扇无形的大门，让叶丹进了一个新的环境，犹如走进生活着形形色色人物的一个大杂院。

一天夜晚，叶丹在家里接到了林丽的电话。

林丽在电话中说，她上班时向一个关系挺不错的同事介绍了叶丹的情况，那个同事对叶丹做的事情挺感兴趣，希望叶丹能去单位里见个面，当面洽谈。

叶丹听了很高兴，她目前虽然正在和陈冬冬合作，以前出版《无聊的后果》时和黄都云也曾合作过，但心里总觉得不是很满意，一直想找到一个能够和她气息相投的编辑，她这种心情和一个性格比较挑剔的女孩子总也找不到合适的男朋友很像。

这一天是周一的下午，叶丹照着林丽的安排，来到了上海西区一条环境优雅的著名小路。

寂静的小路边布满了建造于上世纪前期的形状各异的洋房小楼，此外，路边还有一个小巧玲珑的街心公园。

可以想象，如果有一对穿着长衫和旗袍，散发出文人骚客及大家闺秀气息的俊男美女走在这条路上，立马就能拍出一张时光倒流般的上海民国艺术照。

不过，叶丹此时没有什么闲情逸致，她像一个急匆匆去面试的女白领，满脑子都是她的翻译规划，边走边反复琢磨怎样让第一次谋面的编辑认可她，相信她描绘的这些恋爱翻译小说会在上海广受欢迎。

她走进了一幢旧式的大楼，这幢楼虽然不高，底楼的大厅却拥有一种古老威严的气魄。进了门的叶丹看见林丽已经在电梯旁等着她了。

跟着林丽坐电梯上到三楼后，她们走进了一间挺大的有好几张写字桌的屋子。林丽指着一个高高瘦瘦戴着眼镜的中年男子，说他是齐正先生，在这个出版社已经做了很多年编辑了，现在正负责着出版社的一个部门。

那一天，林丽在方菲菲家里曾经告诉叶丹，这条幽静的小路两旁有好几家出版社，这些出版社很像同属于一个大家族的好几个小家庭。它们都有过辉煌的时代，它们的出版物都曾经深受广大市民的喜爱追捧，现在已经不同了，它们有点儿像那种上了年纪的老美女们，风光已经不如从前了。

叶丹这天进的这个大楼属于这条街上最大的一家出版社，出版社的名称是"海派艺苑"。

齐正笑容可掬，他客气地给叶丹倒了一杯水。在林丽的陪同下，他们坐在一起聊了起来。

叶丹拿出了黄都云出版社印的《无聊的后果》和陈冬冬出版

社印的几册不同的《异国文学》送给了齐正,她想让齐正从书里了解到自己的翻译水平。

齐正收下了她的书,对她说,迄今为止这家出版社没有搞过翻译小说,但是他想尝试一下,希望叶丹回东京后去物色一点小说,翻译好了交给他来出版。

叶丹高兴地满口答应。

他们的谈话进行得很顺利,因为时间充裕,除了正事儿,他们还聊了些杂七杂八的事情。

齐正是一个性格爽直的男人,说话很坦率。

他承认,现在这条街上的大大小小各家出版社多数都面临着经营困难的问题,唯有一家小出版社一枝独秀,它其实只出一本月刊杂志,杂志的名字叫《说呀说》。

《说呀说》的内容通俗易懂,里面是来自四面八方的或专业或业余的作者写的小故事。小故事带有民间文学的味道,挺受文化水平不太高的普通市民的欢迎。

这本颇有历史的杂志常常供不应求,尽管发行量极大。

多年来,它为出版社挣来了不少的银子,有点儿像一只会下金蛋的鸡。不过,该杂志社不是私营的,所以它挣的钱不少都上缴了,被拿去补贴那些经营艰难的出版社了。

此外,《说呀说》因为卖得太红火,就像那些畅销书一样,也遭遇到了严重的盗版。

齐正说,他曾经作为受害方去抓过盗版的人,就像顺藤摸瓜,他先是在书店里发现了盗版的《说呀说》,然后像守株待兔似的等到了那个送书来的人。

逮住了这个人以后,齐正先把他带回了出版社,目的是想找出后面主谋盗版的老板。

然而,不仅没有查出什么名堂,齐正反而被他说服了。

他是一个看上去很穷的小伙子,衣服很破旧,自称来自一个农业大省,因为老家太穷挣不到钱才干上了这个,因为挣的钱少,他贩书到上海后连旅店也舍不得住,晚上就睡在公园的长凳上,完全不像一个非法商人,更像是一个要饭的流浪汉。

齐正明白,他的位置是一条非法产业链的最末端,专门到上海来把盗印的《说呀说》廉价推销给书店。

听了他的那些诉说,齐正不由得也掉起了眼泪,压根儿不忍心再把他往警察那里送了,还掏钱给他买了盒饭,最后还花钱给他买了回老家的车票……

齐正对叶丹说,本来没有想到,抓盗版居然抓成了这样的结果,变成他在搞慈善似的。

叶丹听得张大嘴巴,直眨眼睛,她早就知道书刊市场上流通着大量的盗版书,却头一次听到齐正这么具体生动的描述,很有点儿大开眼界的感觉………

盗版书和那些假药、过期食品、地沟油不同,它对消费者没啥身体上的损害,它损害的主要是作者和出版社,侵犯了知识产权,所以它难以激起特别大的仇恨。

在后来的岁月里,叶丹有时会回忆起第一次来到这个出版社的情景,脑子里便会想起齐正描述的那个破衣烂衫、推销盗版《说呀说》的年轻农民。

三、《为情所困》和《走向成熟》

回到东京后,叶丹便开始寻找适合齐正要求的书,很快,她就找到了一本,是当年的一本获奖小说,也是一本恋爱小说。作者姓C,也是女的,小说的名字是《为情所困》。

这位C女作家和那位写《爱情迷宫》的M女作家有许多相似之处。她们的年龄差不多,都是写少女小说起家,都是因为当年写的少女小说获得了文学奖才登上了日本文坛,都随着年龄的增长、阅历的增加开始转向写成人爱情小说。

当然,她们虽然都在同一个领域里创作,所写的内容是完全不同的,里面的人物也是完全不同的。叶丹从阅读的角度来看,感觉《为情所困》的内容更加轻松一些。

时间进入了初秋的九月,叶丹便利用空闲的时间开始翻译《为情所困》。待她译完了《为情所困》以后,已经进入了正式的冬天。

后来,她把稿子让出差的丈夫带回上海交给了林丽,再由林丽转交给齐正。

然后,叶丹又着手翻译一个中篇小说。她曾经向陈冬冬介绍过这篇小说和作家,他等着把它登载在新一年出的《异国文学》上。

这其实是叶丹为《异国文学》所翻译的最后一篇小说了。

在叶丹所翻译的这些女作家的小说中，这篇给她的感觉最阴沉，在翻译的时候，她甚至会后悔选择了这一篇。

叶丹之所以有这种念头，和她的气质有关系，她从小感受性就很强。人的有些气质是天生的，比如有两个小孩，他们一起在看一部恐怖电影，自然都会害怕。一个小孩感受性不强，他就害怕得轻一些；另一个小孩感受性强，就会害怕得蒙住双眼。叶丹当年就属于害怕得厉害的小孩。

这篇小说名为《走向成熟》，里面描写了一个内心有阴暗面的病态少女在梦境和现实的交错之下逐渐恢复正常心理的过程。

作者T女作家最早是通过写作诗集而登上文坛的，她的文笔精致华丽、富有诗意，表达阴郁的情绪时很有感染力和渗透力，叶丹在翻译的时候觉得从那个从未谋面的T女作家那里会传来一种不寒而栗的感觉，再看见窗外的天空上密布着冬季的阴云，更让她心里充满了抑郁。

但是，也不能因为心理的脆弱就将这件已经开始的事情半途而废。叶丹明白，这种感染力说明了这篇曾获大奖的小说描写出色，自己来把它翻译成中文是一件很有意义的事情。

四、J女作家的《女白领们》

小说译完后，叶丹把它寄给了陈冬冬，时间已经是早春三月了，她估计，如果陈冬冬那边顺利，到了夏天回上海的时候，她就能看到登载在《异国文学》上的《走向成熟》了。

这时，东京的气温虽然不高，却已经有了几分春意。叶丹连续完成了两篇小说的翻译,心里很有成就感。不过,她的生活一点也没有空闲下来,依旧每天忙碌,因为对儿子的学习必须过问和抓紧,有时她还要去学校做家长会代表的工作。

一有空,她就到图书馆和书店里转悠,对每天送到家的报纸上的文艺栏也都仔细地看,总想找一本新的有价值的小说来翻译。

后来,她看见一本J女作家写的小说曾得大奖,后来还反复重印,发行量极大。她就买了一本,在家里花了一个星期,把它看完了。

这本厚厚的《女白领们》其实是由几篇有连贯性的小说组合在一起的,里面有恋爱故事,也有职场故事,故事的舞台都在东京。

J女作家是东京出生、东京长大,她对东京这个城市自然很熟悉。

叶丹寻思,这本书虽然和她以前翻译的那些小说有些不一样,但是上海其实和东京一样,也是有着很多女白领天天在职场上冲杀战斗,所以她们看了会产生不少的同感。她便决定夏天回上海的时候把这本书带回去,让陈冬冬看看,如果他同意,她就将这本书翻译成中文,因为字数多,估计起码要花大半年的时间。

这些年来,叶丹一直在奋力地翻译一些日本现代女作家的小说。如果把文学作品比作精神食粮,她翻译的这些小说就接近于那种甜点心,反复品尝甜点心也会使她感到厌倦,她觉得也应该换换口味尝点儿别的东西了。不同的日本小说非常多,大量日本男作家的小说在文学造诣上其实更加精彩优美。可是,叶丹却不想用阅读他们小说的办法来放松心情和填补头脑。叶丹知道自己并非对他们有偏见,这只是她的一种任性,一种奢侈,她要凭自己的兴趣来挑选自己喜欢的书看。

叶丹其实更喜欢欧美作家的小说,因为看不懂欧美的语言,所以她一直看的是翻译作品。

小时候,她在上海求知的年代是意识形态色彩最浓烈的年代,欧美作家的小说差不多就是禁书了。到了上世纪80年代,原来的禁书不仅解禁,而且大量地印刷发行了。

就是在那个时候,叶丹看到了不少的好书,那时候她非常喜欢那本新刊的《异国文学》。比如,那个一直使她念念不忘的白俄流亡作家纳博科夫的小说就是当年在《异国文学》上看到的。那时的翻译家精益求精,把纳博科夫写的那本《普宁教授》翻译得惟妙惟肖,叶丹记得自己那时看了好几遍,越看越觉得精妙,由此对纳博科夫也产生了浓厚的兴趣。

一个国家、一个民族、一个社会,里面的人不可能完全平等,他们总有上层的群体和下层的群体,这些上层的群体和下层的群体不可能完全没有交流,只有交流的多和少的问题。如果交流太少,上层的群体和下层的群体之间就会产生隔阂,隔阂太严重就会产生可怕的后果。

在欧美国家,自然也有上层的群体和下层的群体,在这两个不同的群体之间自然也有交流,交流的方式多种多样,教会组织其实也给他们提供了一种交流的机制。

在东亚文化区域，宗教组织的分量比较小，文学艺术不得不更多地担当起这方面的责任，如果大家都不来担当交流的责任，都"闷声不响"地过着"低调"的生活，结局肯定不会好。

所谓交流，肯定是双向的，下层的群体通过交流让上层的群体了解他们的各种问题、各种诉求、各种希望，上层的群体通过交流让下层的群体了解他们的各种理想、各种抱负、各种美学。

文学、戏剧、绘画、音乐……有时就像宗教，能抚慰人们苦难的灵魂，让人们能在艰难的生活中有一个喘息的机会。

五、纳博科夫和亨利·米勒

叶丹去了图书馆，借了几本有关纳博科夫的书籍。这个白俄贵族出身的作家经历就像一出波澜壮阔的历史剧。

由于他是作家，他的家族故事和流亡历史都有了点点滴滴的文字记载。此外，他也让人从另一个角度看到了那一场俄国革命的面貌。

事实上，直到苏联解体之后，俄罗斯的读者才慢慢了解到纳博科夫和他的作品，当然这时纳博科夫也已经去世了，从十月革命以后逃离俄罗斯，他就再也没有回到他一直深爱的祖国。

纳博科夫是先和家人一起逃到欧洲，再从欧洲去了美国，躲避了二战的炮火。

在美国，他改用英语写作，直到发表了那本著名的畅销小说《洛丽塔》以后，他才真正地在文坛上出了名。

叶丹觉得,纳博科夫的传记给她带来的启示实在是太深刻了,关键是里面的内容都是真实的。

看完了纳博科夫的传记,叶丹又借了一本美国作家亨利·米勒的传记。

叶丹早就知道亨利·米勒写的那本大名鼎鼎的《北回归线》,这次她看了亨利·米勒的传记,才知道当年美国对书籍的审查制度也是非常严格的。

当初,《北回归线》在文化开放自由的巴黎出版了很多年以后,美国才正式修改了对书籍的审查制度,允许《北回归线》在美国出版。

在巴黎时期,出了名的亨利·米勒是个青壮年男人,他的书能在美国卖的时候,他已经熬得快成老头儿了。总算他还是想得开的人,热爱女人,有福气,寿命挺长,在他活着的时候看到了《北回归线》在自己的祖国出版。

这本传记有许多地方都让叶丹感慨万千,事实上,身为作家的亨利·米勒所尝到的种种艰难困苦和同时代的作家纳博科夫一样,都是经济上的。

亨利·米勒结过多次婚,他的每一任妻子都有特色,他的第二个老婆极其貌美,身上具有吉卜赛血统,对他的文学才能深信不疑。身边有这样一个相信他文学才华的人,对于当时连一本书都还没有写出来的亨利·米勒来说无比关键。

但是,有理想、有才能、有抱负还是不够,这对年轻的小夫妻总得吃饭,而他们当年生活的纽约又是一个经济发达、生活费用高昂的城市。于是，他们便开动各种脑筋，做出种种尝试。在饥饿的生活中，年轻的妻子利用自己的美貌，勾搭上了一个富商。富商自然迷醉于她，但他还有一个兴趣是喜欢当时美国禁止的色情小说，写这种小说对亨利·米勒来说自然是小菜一碟的事，他便在家里写，写完署上老婆的名字，再卖给那个富商。

后来他们又去巴黎混，他们在纽约是穷人，去了巴黎依旧是穷人。不过，巴黎作为那时的欧洲文化之都，有些地方和纽约不一样。特别是巴黎有的餐馆居然可以赊账，米勒可以在那里连着好几天欠饭钱。老婆是后来才去巴黎的，老婆也没有大把的钱，两人曾经极度地穷困潦倒，真的吃不上饭了，正好遇上一个在巴黎靠擦皮鞋维生的美国黑人，他们向这个同胞讨了几个钱，才算是吃上了饭。

流浪汉似的混迹于巴黎的米勒并未放弃他的文学梦，幸运的是，他在巴黎能找到他的知音或者说是粉丝，有一个女粉丝就是后来也很出名的阿娜伊斯·宁，她有个银行家丈夫，米勒因为遇上了她才避免了成为真正的乞丐。米勒一边吃着软饭，一边和阿娜伊斯·宁夫妇热火朝天地讨论他的文学梦，这台戏米勒的老婆有时也会掺和进来。

阿娜伊斯·宁并非只有付出，她也有获得，她一直有自己的一个文学梦，她的文学梦体现在她的日记里，长年累月孜孜不倦地书写日记。认识了米勒之后，她的文学梦也更加膨胀了，米勒在她的鼓励支持下出版了《北回归线》，她的日记也因米勒的存在更加绚烂多彩。两个人在巴黎达成了文学史上的双赢。

不过,《北回归线》在巴黎的出版和成名并没有结束米勒的苦难,他的苦难依旧还是经济上的。

因为欧洲战争的因素,他后来回到了美国。

在美国,他写的《北回归线》通不过书籍审查制度,无法用英语出版,所以他只好动一些别的脑筋来赚钱。比如,他有些画画的才能,就经常画一些水彩画来卖钱,一张画也就能卖上十来块美元,勉强维持生活。

这些廉价的水彩画后来自然身价大涨,不过肯定是在他死后。

进入新世纪后,叶丹有一次看见米勒的最后一任日裔老婆在电视台上参加一个鉴宝节目,她拿出了米勒生前送给她的两幅水彩画,鉴定师估价每幅价值两万多美元……

米勒拮据的生活一直持续到五十岁,美国的书籍审查制度改变了以后。《北回归线》在美国出版了,他才彻底地摆脱了生活的困境……

叶丹看了纳博科夫和米勒的人生经历,觉得实在波澜壮阔。她天真地想,这种才是真正有价值的书,如果有人能把这些书翻译成中文,介绍给华文读者就好了。

遗憾的是,这些书的原版都是英文的,必须有懂英文的人来翻译才行。叶丹想到这儿有一种无力感。她回过头来看看自己翻译的那些小说,觉得都有些平淡,不深刻也不动人心魄。

其实阅读和饮酒、抽烟也很相似,起先是浅尝一点儿低度酒或只抽一两根烟,渐渐地有了瘾,就会想喝度数高的酒或多抽烟。

叶丹没有意识到自己也有这种思维倾向,她的阅读和翻译也会求新、求刺激。

六、卫小玲

夏天很快地又到来了。

到了上海,叶丹先是去了海派艺苑出版社,见到了齐正。

《为情所困》已经顺利出版了,齐正给了叶丹一批《为情所困》的样书和翻译费,并且告诉叶丹,下个月他就要离开海派艺苑出版社,到另一个单位去了。

林丽也在场,她笑着向叶丹眨眨眼睛,用上海话说:"伊要去做头头了。"

叶丹赶紧朝着齐正笑了,向他表示恭喜高升。内心里,她却有一些失望,齐正这样一走,书就不能再出了,她本来以为在出书的事情上一直能和齐正合作下去。

后来,她和林丽一起在出版社边上的一家店里喝了咖啡,叶丹把自己的失望告诉了林丽,林丽安慰了她,让她不用担心。今后,她还可以找一些别的出版社的人和叶丹认识。林丽想了想后又说,出版社里有一个姓刘的男编辑,是从北方的一所大学获得了博士学位后过来的,叶丹如果有兴趣,也可以和他认识一下。

叶丹朝林丽点了点头,觉得可以认识一下这个刘博士。

那时是新世纪初期,博士学位还不像后来那样贬值和泛滥。

第四章 林丽

过了几天,叶丹去了陈冬冬的出版社。载有叶丹所翻译的《走向成熟》一文的《异国文学》已经出版了,陈冬冬给了她几本样书。此外,单行本《爱情迷宫》也出版了,一共印了一万本,叶丹觉得印得太少了,不足以引起上海读者对M女作家的兴趣和了解。听叶丹这么说,陈冬冬只是微笑,他推辞说版权合同只签了一万。

叶丹轻轻叹了口气,拿出包里特地从东京带来的一本厚厚的《女白领们》,递给了陈冬冬,并简单地讲了一下书的内容。

陈冬冬点点头,说这本书既然在日本那么畅销,总有它的道理,上海的女白领也是一个很庞大的群体,会有人喜欢看这本书的,肯定能在这儿出版。他还告诉叶丹,社里新来了一个大学毕业生,分配在他的手下,名字叫卫小玲。今天正巧她不在,下次可以介绍和叶丹认识一下。

接着,陈冬冬把《走向成熟》和《爱情迷宫》的两笔翻译费都结算给了叶丹。叶丹说,为了表示自己的谢意,哪天晚上想请陈冬冬和太太一起吃个饭,卫小玲也可以一起来,陈冬冬点点头说好,叶丹说届时电话请他。然后,叶丹提着沉甸甸装满了一堆样书的袋子离开了陈冬冬出版社的大楼。

过了几天,叶丹物色到了一家餐馆,是贵州风味的餐馆,位置在淮海路最热闹的地方,靠近淮海路上那个曾经非常有名气的妇女用品商店。

把这家店推荐给叶丹的朋友说,这家餐馆的菜肴很清淡,适宜健康养生。

那一阵子,上海像雨后春笋似的出现了不少家贵州餐馆,菜肴中似乎最有名气的是一种用西红柿煮的酸汤。十几年后,这些餐馆在上海连踪迹都找不到了。它们肯定都是由于经营不下去，关门回贵州了。这种一时风靡、转瞬即逝的饮食爱好，也说明了上海人的一窝蜂挺坑人的。

那天傍晚，叶丹带着儿子去了那家名字叫乡味的餐馆，她打电话预订了一个小包间。

在小包间里等了不久，陈冬冬和太太就一起来了，他们还带来了他们的小女儿，这个女孩子还没上小学，长得活泼可爱。

接着，卫小玲也来了，她长着一张圆脸，身材苗条，皮肤白而细嫩，五官精致，衣着很朴实，她和陈冬冬毕业于同一所大学，因为叶丹的丈夫也是这所大学毕业，说到这里，大家都觉得这个世界其实很小。

吃饭时，大家都随意地聊着天，陈冬冬后来介绍，卫小玲出身于南方沿海的市郊。

后来，卫小玲和叶丹熟悉了以后，她告诉叶丹，她在当年考上了上海这所大学后，她家的那个小村庄着实轰动了一番，等于出了一个女秀才，她这时候的表情显得相当自豪。

确实，作为一个农民的女儿，她考上了这所有名的上海大学，等于迈出了成功的一大步。在新世纪初的上海，她这样的女大学生的头上有着一种无形的光环。不过，人生其实就像玩扑克，拿着一手好牌固然好，可是牌艺不精的话，握一手好牌的人也会打得稀烂。这也是叶丹后来的深刻感悟。

那天晚上是上海一个盛夏的美好夜晚，叶丹用心周到地招待着陈冬冬一家及卫小玲，她一心一意地想要在陈冬冬和卫小玲的出版社出版她挑选和翻译的日本现代小说,未来的计划是那本《女白领们》,她深信这本书会在上海的女白领圈里获得小小的轰动。

七、刘编辑和侯晨

一周以后,林丽信守自己的诺言,把刘编辑介绍给了叶丹。

八月中旬的上海虽然白天还是很炎热,夜间却开始有点儿凉意,秋天一步步地走来了。

叶丹去海派艺苑出版社时,天空飘下了细小的雨滴,雨量虽小,却带来了秋意,减轻了上海的暑热,也给路人增添了一些不便。

刘编辑出身于北方,他和南方出身的卫小玲一样,也是农村长大的。

叶丹虽然好奇,还是没好意思向他打听最初是考进哪所大学的,只是从他递过来的名片知道他已经获得了博士学位。

大概刘编辑在读硕士、博士时尝过一些酸甜苦辣,从他后来的人生轨迹来看,他对人生的理解远比卫小玲更加通透,在人生的阶梯上比她爬得更高、更成功。

刘编辑个头较高,皮肤挺白,鼻梁高高的,五官长得端正,属于面相不错的男人。

因为刘编辑是文学博士,他和从小就爱看小说的叶丹自然有很多的共同话题,在海派艺苑的茶水吧里,他们聊了差不多一个小时。叶丹后来知道他没有编辑出版翻译小说的意向,所以他们的聊天等于是一种清谈。

刘编辑知道陈冬冬,他说在一次出版系统的会议上看见陈冬冬发言,很激动的样子。叶丹听了他的话觉得挺有趣,因为她看见的陈冬冬总是一副很冷静、温文尔雅的样子。

刘编辑听叶丹说想找出版社,就给她介绍了京城一家听上去名声很响亮的出版社的一个编辑,这个编辑的名字叫侯晨,刘编辑给了她侯晨的电话号码。叶丹抄下了号码,她这几天很忙,准备下周回到东京后给这个从未谋面的侯晨打电话联系试试。

九月,回到东京后,叶丹就开始了《女白领们》的翻译,这其实也是叶丹所翻译过的文字量最大的一本书。

叶丹翻译着这本厚厚的小说,内心对那些翻译长篇巨著的老翻译家们感到由衷地敬佩。她记得,当年自己念中学时很爱看翻译小说,有一个女同学的姐姐曾借到过肖洛霍夫的《静静的顿河》,这部书共有四册,一周就要归还。女同学和她的姐姐都无法在这么短的时间里看完这一套书,她们后来就把书借给了叶丹,叶丹那时就像已经掌握了速读术,能够一天左右就看完一本,她很快就把这一套书全看完了。

多年后,叶丹看见国际文坛上有质疑肖洛霍夫的声音,说他的《静静的顿河》是把别人的原稿据为己有的结果。叶丹对这个质疑有点儿相信,她不太相信二十来岁的肖洛霍夫能写出这样的长篇巨著。特别是他后来再也没有写出能和《静静的顿河》媲美的作品,这一点就很奇怪。

叶丹觉得,喜欢写作的人就像有话痨的人,除非有外界的强制措施,话痨的人一辈子都不会变成沉默寡言的人。写作也是,语言和词汇总会源源不断地从笔下流出来。一个人年轻时便能写出一部长篇巨著,后来却著述寥寥了,无论如何都说不通。

若干年后,叶丹又看见美国文坛上有人质疑那本名作《杀死一只知更鸟》的作者哈珀·李,质疑者认为她写了这本很优秀的小说后居然再也没有作品问世,实在太蹊跷了。

还有人怀疑,她写这本书时借助了她的发小儿卡波特的智慧,卡波特是美国的一位天才文学家。

对于这种质疑,哈珀·李和卡波特与那个曾当过苏联作家协会主席的肖洛霍夫一样,全都守口如瓶。

和那些永远也破不了的悬案一样,文学史上的这些蹊跷注定只有疑云没有定论。

因为量大,天天翻译《女白领们》是一件令人疲倦的事,叶丹感到庆幸的是时间不紧张,她可以自我调节,在精力充裕的时候多翻译一些,没有兴致或体力不佳的时候少翻译或者干脆不翻译。这种有张有弛的做法能够让她不至于对翻译这本书产生厌倦情绪,也能让她用清醒的头脑,在翻译时为这本书的每一字、每一句都找到贴切的相对应的中文。

迄今为止,她所翻译的三个单行本和四个中篇都已经印成了铅字,她自信里面没有一处翻译是马马虎虎的。

不过,叶丹手里还有一个单行本的翻译稿没有找到出版的地方,那就是H女作家写的那本《麻烦的友情》。虽说一直把它放在手里也没有问题,可是叶丹觉得最终总是要找个地方出版。

想来想去,她想到了刘编辑给她介绍的那个京城出版社的侯晨编辑。她就按照刘编辑给她的电话号码,从东京打了一个国际电话给那位不知长得啥模样的侯编辑。

这个电话号码似乎是侯编辑家中的座机。起初接电话的是一个女人,然后才是一个自称侯晨的人接了电话。叶丹忙向他介绍了自己,也提了刘编辑的名字,侯晨似乎对刘编辑并不熟,叶丹对这一点并没有在意。

叶丹后来便说自己已经翻译出一本 H 女作家的《麻烦的友情》,问侯晨的那个出版社能不能出版。侯编辑要她把书稿先寄到京城去给他看看。

叶丹对这位连面也没有见过的侯晨编辑并非百分之一百的放心,不过,她觉得自己不是在做买卖,没有金钱可以被骗走。万一被骗了,也就是一部翻译稿。

所以,叶丹后来就按照侯晨电话里告诉她的地址,把 H 女作家《麻烦的友情》的中文翻译稿和一本原书从东京的邮局寄到北京去了。

过了一个多星期,叶丹琢磨着侯晨应该已经收到翻译稿了,她本以为侯晨会打电话来告诉她收到了,可是等了几天没有消息。她便打电话去了京城的侯晨那儿,可是打了好多次都没有人接,叶丹开始觉得不对头了,自己上当了。

不过,叶丹觉得这只是自己的猜测,下结论还太早。她便坚持着反反复复打了将近半个月,终于有一天,侯晨出来接电话了,他告诉叶丹,前一阵子出差去了,叶丹寄去的翻译稿已经收到了,感觉到叶丹翻译得很不错,就是不知道东京的出版社能否授权出版,最好叶丹能够去为他的那家京城出版社代理交涉一下。

叶丹听见侯晨从国际电话那头传来的声音好像挺诚恳,对他的种种怀疑立刻消除了一大半。她想,自己迄今为止从未被人诈骗成功过,不会这么简单地就被这个长得不知啥模样的侯晨编辑给破了纪录。

过了两天,叶丹便给那家出版了H女作家《麻烦的友情》的东京出版社打了电话,在电话里,她传递了侯晨的那个北京颇有名气的出版社想要出版H女作家《麻烦的友情》的意思。于是,她的这个电话就被接到了出版社的版权部,版权部的一个男人告诉她,由于H女作家的这本书已经在前些日子授权给北京的一家出版社了,所以不可能再次授权了。

叶丹听了以后愣住了,她终于明白侯晨玩的是什么样的把戏了。

就是说,侯晨本来就没有打算出版叶丹翻译的这本《麻烦的友情》。近一个月前,他收到了傻帽儿叶丹的翻译稿后,就在京城找了个买主把它卖掉了,至于那本翻译稿后来是否又经历过转卖,叶丹也不可能弄明白了。

挂上电话,叶丹呆坐了很久,她这次终于尝到了知识产权被侵犯、劳动果实被骗走的滋味。

其实,这类事在全国各行各业都很多。可是,文化行业应该有点儿素质和规矩,竟然能有侯晨这样的败类,实在太可悲了。

叶丹后来再也没有给侯晨打过电话,她也不想去费力地追究他了,她觉得侯晨贪了这种昧良心的钱也不会有啥好结果。

至于刘编辑那儿,叶丹后来也没有声张,她估计刘编辑不可能知道侯晨的人品,虽然侯晨是刘编辑介绍的,这事儿也怨不得他。

《麻烦的友情》是叶丹辛辛苦苦一字一句翻译出来的,结果在京城的出版情况她后来一点儿也不知晓。

叶丹也不想知晓了,她害怕官司纠纷之类的泥沼,打官司打得不好会弄得自己也一身骚。

正是因为叶丹这样的人害怕麻烦、害怕是非,才造成了侯晨这样的恶人能横行天下。

八、养老院

入冬以后,叶丹的心情从吃了一只死苍蝇般恢复到了正常,她排除了心中的杂念,一心一意地继续翻译那本《女白领们》。

这项比较浩大的翻译工程一直持续到了第二年的春天,五月份的黄金周之前才大致结束。

结束以后,叶丹终于松了一口气,她把翻译稿整理好,准备到了暑期回上海的时候交给陈冬冬。

过了一阵子,叶丹丈夫接到了他以前在一所日本的大学里读研究生时结识的女教授的电话。女教授是一个专门研究公共卫生的专家,现在正在搞一个世界公共卫生方面的课题,想要考察一下上海养老院的现状,希望叶丹的丈夫帮助她联系一下。

叶丹的丈夫这阵子特别忙,叶丹因为儿子还小又要上学的缘故,所以无法陪老教授去上海。两口子琢磨了一阵子,叶丹想出了一个主意,觉得委托卫小玲干这事儿比较合适,因为她在语言上能和老教授沟通。

由于没有卫小玲的联系地址,叶丹就打了电话给陈冬冬,大致地讲了一下这事情的原委,没想到,陈冬冬毛遂自荐地说自己能干这事儿。叶丹一愣,忙说不敢劳驾陈冬冬,还是让卫小玲来干吧,陈冬冬也没有再说啥。

叶丹之所以不想让陈冬冬干这事儿,一是因为她知道陈冬冬是中文系出身,虽然后来他学过日语,可不知道他的口语怎样,万一满足不了老教授的要求就麻烦了,因为老教授明确说要一个翻译的,日语说得磕磕巴巴肯定不行,她也不好意思在此时考问陈冬冬的日语水平。还有一个因素是她不清楚老教授会给多少报酬,如果给陈冬冬少了就把他给得罪了,而卫小玲是个大学才毕业的女孩子,报酬少一些也不会得罪她。

到了六月初,女教授去了上海,这位终生独身的女教授在她那个领域里颇有名气,她自费住在浦东的一个五星级宾馆,卫小玲全程陪同了她,领着她访问了两家养老院。按照女教授的要求,一家是公立的养老院,一家是私立的养老院。

女教授很满意卫小玲的工作,她后来请卫小玲在宾馆的餐厅里吃了一顿讲究的晚宴,还付给了她一笔挺可观的报酬。

卫小玲属于那种不会玩心眼儿的农村女孩,思维直线。她办完这个事情以后,就把拿到这笔钱的事如实地告诉了陈冬冬。

从理论上来说,她这么做没有错,陈冬冬是她的领导,可是叶丹知道后就觉得有些头晕了。

卫小玲这样一来,使叶丹在某种意义上成为得罪陈冬冬的人,因为那时陈冬冬在电话里明确向叶丹表示想干这个活儿,而叶丹却依旧要卫小玲来干。如果报酬少,陈冬冬的心情还能平衡一些,太丰厚的话,就可能失去平衡了。

这件事让叶丹体会到做中介人不容易,弄得不好两头都会得罪人,她感到唯一心安的是,对女教授做出了一个圆满的交代。

到了七月,叶丹又回到了上海,她先是带着《女白领们》的翻译稿去了陈冬冬的出版社,在那儿她见了陈冬冬,后来又看见了卫小玲。

陈冬冬告诉她,社里决定让他主持出版一个日本女作家小说系列丛书,这本《女白领们》将由卫小玲来负责编辑,他还购买了M女作家的一本名为《感动你的故事》的长篇小说的版权,目前尚未找到翻译的人,如果叶丹愿意,可以帮忙翻译这本小说。看到陈冬冬拿在手里的那本《感动你的故事》,叶丹觉得可以接受这个任务,它的厚度只有《女白领们》的一半,肯定不会像《女白领们》那样长时期地消磨她的精力。

三个人一起泛泛地聊了一会儿之后,叶丹就告辞离开了。

九、大　奖

差不多过了半个月,叶丹去了海派艺苑出版社,在那儿见了刘编辑,她把自己那些翻译出版的书带去送给他,两个人交流了一些文坛上的信息。无意间,他们聊起了一位在文坛名声很响的作家,叶丹对这个作家的作品看得不多,她记得曾在一本杂志上看过他的一个中篇,当时被他诙谐的文笔逗得哈哈大笑。

刘编辑听叶丹这么一说,顿时高兴了起来,站起身就去拿来一套这个作家的小说送给叶丹。

他很认真地说,这个作家的文字表现力太棒了,将来他一定能得到那个世界有名的文学奖。叶丹对刘编辑充满了信心的这句话印象极深,几年之后,那位作家果然得到了那个让世界上写书的文人都垂涎三尺的大奖,刘编辑简直就像个预言家。

后来,叶丹才知道,这段时间刘编辑在出版社其实很不得志,

第四章　林　丽

他送给叶丹的那一套厚厚四大本的小说像废纸似的堆满出版社的仓库，因为都是在他的力荐和主编下出版的，卖不出去的责任自然有形无形地压在他的肩膀上。出版社为了出这位作家的书向银行贷的大笔款子都成了坏账，如果是一家私营企业，肯定要倒闭了。

若干年后，刘编辑的梦想成真了，那位北方作家果真拿到了世界最有名的文学大奖。喜讯从遥远的欧洲传到上海之后，躺在海派艺苑出版社仓库里N年均无人问津的小说立马咸鱼翻了身。它们不仅一下子就被卖得精光，还反复重印了许多次，倒霉鬼似的赔钱的书在一夜之间神奇地变成了聚宝盆，出版社不仅一举还清了所有的债务，还轻轻松松地赚到了大把的钱。

刘编辑也由出版社财务困境的元凶转变成使出版社财源滚滚的功臣了。他后来陪着那位作家一起去欧洲领奖，还上了电视台的访谈节目，在文化出版界声名大振。

由于这个文学大奖是头一回授予中国作家，所以这件事很像一场嘉年华狂欢。本来，上海的城市居民对于在北方农村发生的事情一点儿都不感兴趣，所以这些书才在上海的市场上卖不出去。可是，上海的城市居民对国际上的事情一向很关心，脚步也都要跟上国际化的节拍，他们觉得这些发生在中国北方农村的故事既然能够受到欧洲文化人的青睐，就一定会有它们精妙的看点。

叶丹曾在那时去一个小学男同学的公司办事，这家公司是一个国营的文化企业，当着科长的男同学给老总临时做着秘书性质的工作，因为原来的女秘书辞职生孩子去了，新的女秘书还没有找到。

叶丹记得，男同学当时带着她走进下班后空无一人的老总办公室里，就看见地上堆放着很多长方形的带有提手的漂亮纸盒子，仔细瞅瞅，发现这些纸盒子里装的全是那位得大奖的作家的小说全集。看着这些像极了月饼盒的纸箱子，叶丹不由得在那儿放声大笑起来，好在老总已经走了，屋里只有那个男同学，他不生气，也忍不住跟着叶丹笑了起来。他告诉叶丹，公司的老总是个交际广泛的文化人，这些书都是他用来送给各路人马联络感情的。

十、"诉苦文学"

若干年后，叶丹曾在一篇评论现代中国文学的文章中看见作者泛指这类文学为"诉苦文学"，叶丹觉得这个名词比较确切。

其实，不仅中国有，在苏俄也有很多这方面的小说。很难说是中国的文学作品对苏俄作家有这方面的影响，只能说是苏俄的文学作品对中国的作家有这方面的影响。

"诉苦文学"能在文学园地中占据重要的一席很正常，任何民族都有着苦难的一面，通过作家的笔抒发出来比闷在那儿好得多，作家的笔其实改变不了很多，不过能起到一种烟囱的作用。

可是，在一个人数庞大的民族的文学作品中只能看见"诉苦文学"，看不见其他类别的文学作品的话，情况就不太好了。读者也不见得喜欢天天只看"诉苦文学"，喜欢看的读者看得太多也会沾染上些负面情绪。

整个民族的文学状态应该是形形色色、色彩斑斓的，那样才正常。

比如唐诗，就有杜甫的《茅屋为秋风所破歌》，这可算典型的

"诉苦文学"了。但是,如果唐朝的那些诗歌里净是这样的诗,恐怕当时或后来的读者都要掩鼻而去了。

众所周知,唐诗的主题是那样丰富,有描写大自然的,描写民间男女爱情的,描写皇帝爱情的,描写友情的,描写战争的,也包含描写作者自身的悲苦及民间疾苦的。

这样的唐诗才成为人类历史上的文化瑰宝,才能至今仍感动读者。

所以说,既应扶助"诉苦文学",也应扶助其他主题的文学,儿童文学、少女文学、少年文学、爱情文学、推理文学、旅游文学、乡土文学、都市文学,等等,这样才正常,才像一个人口众多的民族文化的健康面貌。当然,扶助出来的应当是能让读者喜欢的、质量过硬的作品,不是粗制滥造、滥竽充数的作品。

叶丹觉得鲁迅先生的《祥林嫂》在某种意义上能说明"诉苦文学"所产生的原因和土壤。

祥林嫂是一个旧时代贫苦生活中很不幸的女人,她的特征是反复向人们诉说自己的不幸。

可是,叶丹发现现实生活中的一些女人都已经是有房有车的富婆了,却和祥林嫂一样喜欢诉说自己的不幸,而且她们也像祥林嫂一样,反反复复地说。与公婆不和啦,与丈夫不和啦,身体不好啦,生意难做啦,孩子不听话啦,做股票亏掉啦,等等,全是负能量的吐槽。

叶丹没有在美国长期居住过,但是她挺喜欢在网上看那些移居美国的华人所写的文章,这些华人大多受过高等教育,在美国差不多都算功成名就,有房有车,他们发现许多来自中南美的或合法或非法的移民在美国都过着很底层的生活,却非常乐观,一边劳动一边享受生活,不因他人的幸福、富裕而沮丧。

叶丹记得,有一部好莱坞拍的片子阐述了这个主题。片子里一个墨西哥的非法移民在美国被打死了,他有一个白人朋友。在生前,他曾经充满深情地向白人朋友描述他在故乡的生活,有个很好的妻子,美好的家园。还有一张照片,妻子站在他后面的一个地方。

白人朋友全都信了,按照他的临终嘱咐,用马驮着他的遗体向他的家乡开始了艰难的历程。经历千辛万苦,终于到了他的家乡,才发现他的描述全是虚构的,那个女人是别人的妻子,只是偶然和他在一起拍了张照,那个美好的田园只是一块乱石岗,他当年放羊时曾在那儿歇息。

白人朋友相信他的一个重要原因是,他在描述时的样子很真诚,眼中洋溢着幸福的光彩。

十一、谢小双

到了八月中旬的一天,林丽介绍叶丹认识了一位杂志社的编辑。

这份名为《都市文化》的杂志当年曾比较有名气,编辑的名字叫谢小双。

谢小双因为骨折正在家里养伤,林丽先给他打了电话,简单地介绍了一下叶丹的情况,随后叶丹直接给谢小双打了电话,他在电话里让叶丹去他的家,当面容易说清情况。

谢小双的家离叶丹的家不很远，只是上海的路成型于租界时期，又加上不断地改造，所以从叶丹家找到谢小双家并不容易。加上天热，叶丹天生易出汗，所以她还是叫了一辆出租车，七拐八扭在路上折腾了二十多分钟才到了他的家。乘坐电梯到了谢小双二十楼的家门口时，叶丹生怕自己满头大汗的形象太不堪，先拿出了一把扇子在门口对着自己的脸扇了好一阵，确认不再出汗了，才按了门铃。

进去以后，叶丹就觉得来了是失策了，因为他家和单位或餐馆不一样，空调温度调得太高，只觉得脸上湿漉漉地依旧在冒汗。

刚刚认识这位谢主编，叶丹压根儿不能向他提出把空调再打低一点。其实这事儿并不奇怪，一般上海市民的家里都很节省，夏天他们的屋里都不凉快，每家每户即使装了空调，也都把温度调得挺高。

谢太太上班不在家，谢小双的一条腿上打着石膏，他问叶丹喝啥饮料，叶丹说不用，他就拄着拐杖去打开冰箱，拿出一罐可乐递给了叶丹。

谢小双五十来岁的模样，长得浓眉大眼，皮肤却很白，头发有点儿稀疏了。

叶丹坐在一个单人皮沙发上，她向坐在一张藤椅上的谢小双做了一番自我介绍，谢小双微笑地听着。

后来，谢小双滔滔不绝地说了不少话，基本上有点儿像一个老编辑在教育一个女文青或者说是文学菜鸟。具体的内容叶丹后来全忘了，只记得他再三要求叶丹必须掌握好电脑打字的技术，他认为在新世纪不会用电脑打字就太落伍了。

叶丹不得不承认谢小双说得有道理，她也感到不能落伍于这个电脑时代。后来,她离开谢小双家时有一种考试不及格小学生的沮丧感。

十二、卡波特

这个秋天,叶丹回到东京后下了决心,在家里的一个台式电脑上反复练习,终于算是学会了用拼音打字。

在这件事上,她一直觉得挺感谢谢小双对她的教诲。

接着,她就开始尝试在电脑上翻译陈冬冬安排给她的M女作家的《感动你的故事》。

这时候,叶丹明白自己的心情发生了变化。

这种变化就像一个人吃够了某种食品,迫切地想要换换口味一样。

叶丹这些年浸润在那些女作家们写的恋爱小说之中,已经感到审美疲劳了,她想到其他的书籍中寻找乐趣。

怀着这个目的,叶丹有时会去离家不远的一个大型公共图书馆徘徊。在那里,她找到了一本美国作家的传记。

叶丹自认浏览过大量的欧美文学名著,可是这位作家她却从来也不知道,这种对未知的探索激起了她的好奇心。

和纳博科夫及亨利·米勒一样,这位名叫卡波特的美国作家的人生经历也是非常富有传奇色彩。

看完了别人为他写的厚厚的一大本传记后,叶丹觉得没人把他和他的小说介绍给中国读者真是太可惜了。

可是,他不是日本的小说家,叶丹看到的是日本的翻译家从英文原著翻译过来的书。俄裔美籍作家纳博科夫和美国作家亨利·米勒的传记也都是日本的翻译家从英文原著翻译过来的。

叶丹不懂英文,她不能把已经翻译过一次的书再翻译一次。会中英文翻译的人在这个世界上多如牛毛,肯定没有哪家出版社会让叶丹把从英文译成了日文的书再译成中文。

叶丹知道自己的想法常常会离谱,可是她觉得自己是有道理的。

首先,她觉得这几本书都很深刻有内涵,并且它们的日文译本的质量很高,在日本翻译家的文字转换后,叶丹看的时候没有隔一层的感觉。

其次,叶丹觉得这些才是真正的好书,这种好书把大量的平庸之书都甩得远远的,她由衷地希望华文读者能看到这些书。可是,前提必须得像日文翻译家们一样翻译得精准到位。

然而,她也算是在文学翻译行业里混了若干年了,很怀疑能找到一个会把这几本书精准地翻译成中文的翻译家。

倘若把它们翻译得乱七八糟的话,还不如不出版更好。

叶丹作为一名文学爱好者,有一种痴狂。她如果喜欢上一本书,就会像染上了一种瘾,或者像古玩爱好者爱上了自己收藏的某个珍贵的收藏品。

尤其是人物传记,它能把一个人全方位从里到外地展现在读者面前。这与在社交场上同一个人萍水相逢泛泛之交是无法比拟的,阅读者有点像很深度地交上了一个朋友。

卡波特有一个特点,他在世时就为这本传记提供了很多素材,传记作者所写的很多内容都是从他本人口中得到的。但是,他完全不粉饰自己,也不做任何隐瞒。自己丑陋的一面也都告诉作者,非常难能可贵。关于自己许多不好的地方,他对作者说:"你必须如实地全写出来,否则我会鄙视你!"

拿着这本卡波特的传记,叶丹翻来覆去看了好几遍,先是像认识了一个朋友,后来他像是一个良师益友,俗气的说法是叶丹最后成了卡波特的一个粉丝了。

虽然卡波特多年前就已经去世了,可是他在世时确实在美国拥有不少粉丝,和许多把自己深锁在书房的文人不同,卡波特喜欢让自己曝光在媒体的灯光下。叶丹深受这位过去的明星文人吸引也不算太奇异。

叶丹自己入了迷仍嫌不过瘾,她还想让别人和她一样入迷,她的这种心理就像粉丝们建立粉丝团或者大麻爱好者聚众吸大麻一样,要有人来和她一起分享对那个已经不在世上的美国作家卡波特的喜爱。

叶丹执着地认为,如果把卡波特的这本传记精准地翻译成中文,一定会在读者中产生很多华人的卡波特粉丝。这种思想文化界的粉丝和那种娱乐界的粉丝完全是两码事。

叶丹坐在东京家里的客厅沙发上扳着手指琢磨了很久,觉得她所打过交道的那些编辑都不行,陈冬冬、黄都云、齐正……他们都不会理解自己的想法,他们的思维和性格都很相似。并且在上海的出版界,有着一种说不清道不明、看不见摸不着的游戏规则。

想来想去,叶丹异想天开地觉得不妨到北京去看看,说不定在那儿能找到一两个真正理解自己的出版界的人。

十三、转　向

几个月后,在东京的叶丹把《感动你的故事》翻译结束,她看看自己有了一段空闲的时间,就买了一张飞机票,踏上了去北京的路。

在北京,叶丹有一些亲戚和好朋友。无论是亲戚还是好朋友,都对从东京飞过来的叶丹很热情,他们拿着叶丹送给他们的那些叶丹所翻译的小说,听得懂叶丹的意思。

问题是,他们都不是出版行业的人,对于叶丹想做的事情压根儿帮不上忙。

结果,叶丹的这场北京行就变成了一种欢乐的吃喝玩乐之旅,亲朋好友们天天招待她,她每天都过得很开心,只是正事儿连影子都没有。

因为过得快乐,叶丹一点儿也不后悔这场无功而返的旅行。后来,叶丹还把这次欢乐的北京之旅写成了长达二十四篇的连载,发表在了一个网上她经常去玩的论坛上。那些年里,时尚文学青年都喜欢上网络的论坛,大家在那里交流信息、发表文章、吵架斗嘴玩儿,那时的论坛有点像后来的微信。

不管怎么说,无功而返的北京之行还是让叶丹感到了沉重的挫折,那里人们的热情招待不过是抚平了她雄心勃勃的志向。

后来,她虽然感到出版无望,仍在自己有空的时候把卡波特生平最后一本最有争议的小说从日文译成了中文,还将他的传记中在巴黎漂泊流浪的有趣部分也从日文译成了中文。她把这些义稿都珍藏在自己的电脑里,有点像以此来向这位已不在人世的美国大文豪遥遥致敬,顶礼膜拜。

叶丹是在五月份去的北京,到了夏天,她又回到了上海。

在上海,她先去了陈冬冬那儿,把《感动你的故事》的翻译稿交给了他,而《女白领们》已经出版了,陈冬冬给了她一些样书,同她结算了翻译费。卫小玲也来和叶丹打了招呼,因为这本《女白领们》的编辑是卫小玲,接下来的《感动你的故事》也将由卫小玲来编辑。叶丹和卫小玲建立了一种友好的关系。

不过,看到《女白领们》的印数比《爱情迷宫》还低,叶丹感到很沮丧,因为她翻译这本书时耗费了很多时间和精力,连一万都不到的印数让她觉得自己的努力很不值得,她真的很想转向了。

叶丹觉得,自己迄今为止翻译了足够多的日本女作家们的恋爱小说,春去秋来,前前后后已经过去了将近十年的岁月,她在书桌上付出了不少的辛劳,视力也减弱了不少,自己的努力对得起爱看恋爱小说的华人青年女读者了。

她曾想把《卡波特传》那样的好书介绍给华人读者,可是明摆着办不到,因为它们的原版是英文的,她不是英文翻译。

叶丹面前就像有着Y字形的两条路,一条路走不通,另一条路她不想再走下去了,怎么办?

她在心里寻思了一段时间,脑子里慢慢产生了一个新的计划。

第五章　新的征程

一、写作……

叶丹决心开辟一条全新的路,她要写自己原创的东西。

她对自己的能力有一定的信心,几十年来,她接触了不少古今中外各个文学大师的作品,吸收到了他们很多的精华。

更重要的是,她自信自己没有在他们的文字海洋中迷失掉自我,觉得有些人会书看得越多越糊涂,就像在原始森林里迷路一样,她认为自己能够进得去也出得来。

到了秋天,叶丹回到了东京。

在家中的书房里,她对着电脑屏幕一边思索,一边慢慢地写作起来。在这第一本书里,她试图把自己多年来在日本所看到和体验到的事物写下来,算是一个总结,一种清算。

这件事进行得比叶丹预想的还要顺利,断断续续到了第二年的春末,她便把这本书写完了。

接着,她又花了两个多月的时间把这本书进行了整理,整理完之后,她便把写了这本书的事情用邮件告诉了林丽。

在上海的林丽和海派艺苑出版社的一个姓任的编辑通了电话，她向任编辑大力推荐了叶丹写的这本书稿。任编辑听了觉得题材不错，就让叶丹把稿子发给他。

若干天后，任编辑给叶丹发来了邮件，他的意思是这本书的内容不错，可以出版。叶丹看到这个邮件很高兴，觉得自己的努力得到了他的认可。

这时已经到了七月，叶丹几天后回到了上海。

在上海，叶丹先给陈冬冬打了电话，询问《感动你的故事》的出版状况，陈冬冬告诉叶丹，他最近在家里休假，因为积攒了不少假期，需要休掉。《感动你的故事》已经出版了，有关事项卫小玲可以负责，叶丹可以去找卫小玲。

叶丹便打电话和卫小玲联系，卫小玲让她第二天上午去出版社。

第二天上午，叶丹去得比较晚，拿到《感动你的故事》的样书和翻译费后，叶丹建议请卫小玲一起吃个简便的午餐，卫小玲欣然同意，她说出版社大楼边有家西北风味的餐馆，价格公道，味道不错。

中午十二点，两个女人一起来到了这家餐馆，她们在靠落地窗的桌子边落了座，一边欣赏着窗外的夏日晴空，一边打开菜单，向服务员点了凉皮和荞麦面、羊肉串等西北家常菜。

叶丹和卫小玲在年龄上有些差距，两人从小的生活环境也完全不同，叶丹在上海长大，没啥农村生活经历，卫小玲则是农村生、农村长。

但是,叶丹觉得和卫小玲没有多少隔阂,一般情况下,她们之间应该会有隔阂,因为人生境遇太不一样。

叶丹知道自己是属于心地纯净的一类人,而她觉得卫小玲其实也是心地比较纯净的,两人其实都有点知识女性的清高。卫小玲在南方的田园中长大,从小就是爱读书的乖乖女,她从农村小学一路读到了名牌大学,在成长的道路上没有经历过都市生活中的尔虞我诈,也没有成人向她传授过这方面的经验教训,等于是个象牙塔中长大的女文青。

由于叶丹不是卫小玲的单位同事,所以卫小玲向她说些单位里的事情没啥顾虑。

叶丹对她单位里的事情挺感兴趣,虽说她不是里面的成员,却已经和这个单位打过十多年的交道了。她一边撸着羊肉串吃着凉皮,一边津津有味地听着卫小玲的各类吐槽。

虽然卫小玲描述自己单位情况的语言比较平和,但是叶丹还是能体察出她的心情比较郁闷。这种郁闷的根源主要是经济因素。

卫小玲在两年前已经结了婚,丈夫是她老家的人,也就是南方那个有名的被誉为全中国最会做生意地块的人。不过,他和卫小玲一样,也是工薪阶层。卫小玲在一年前生了一个女儿,现在由婆婆来上海给她带孩子。在上海这种高消费的城市里,小两口天天有各种开销,叶丹完全理解他们迫切想多挣些钱的心情。

卫小玲告诉叶丹,她已经很不想在这个单位待下去了。叶丹没好意思询问她每月挣多少钱，她也没有主动说，叶丹猜测她只能拿到三千或四千多元。

让叶丹听了大吃一惊的是，卫小玲又说陈冬冬在单位的日子也不好过，因为他现在已经被单位给边缘化了。

叶丹连声惊叹，急忙追问卫小玲，她想知道陈冬冬为何会落到这个地步，现在早已不是知识分子为了一些莫名其妙的意识形态问题而彼此斗得你死我活的年代了。再说，陈冬冬看上去是一个个性极其柔弱的读书人，连个蚂蚁也不会踩死的样子，怎么会得罪单位领导或同事呢？

卫小玲没有马上回答，她吃了一个水饺，又喝了一口茶，然后轻声告诉叶丹，陈冬冬被边缘化不是因为某件偶发的事情，而是一个长期的原因。虽然事情发酵的时间很长，整个过程并不复杂。

多年前，他曾和单位领导签订过一个协议，详细条款她并不清楚。然后，根据这个协议，他替单位买断了那个有名的日本C作家正在畅销的一些小说在大陆地区的版权。

叶丹立刻想，这笔资金肯定不小，卫小玲没有说出具体的数目，叶丹估计她并不清楚。叶丹知道，这种一下子买断版权的做法有点儿风险，就像在赌场上一次性投下了一大注。如果将来书卖得好，就等于赌赢了；卖得不好，就等于赌输了。因为这个出版社是国营的，买断那个C作家的小说的钱肯定是由出版社出面向银行贷款而来的。然后，具体操作人陈冬冬虽然没有经济上的风险，精神上的压力还是有的，他必须大量地卖出C作家的这些小说才能不蚀本儿。

卫小玲拿起了一串香喷喷的羊肉串，使劲儿咬下了一块肉，眨着眼睛嚼了一会儿又说：这些年来，因为C作家的名气在国际文坛上日益高涨,加上他小说的内容深受现代年轻人欢迎,所以他的书销路很好。陈冬冬的精力没有白费,估计协议的内容是出版社和他利润分成,所以双方都大赢了。

叶丹禁不住地赞叹起来,这种双赢的局面多好呀,读者们也受惠呀。

卫小玲点点头说,她听别人传说,陈冬冬已经用他挣到的钱在上海买了好几处房子了。

不过,大家都有意见了,因为单位里的人每月都只有很少的工资,独有陈冬冬在那儿源源不断地大挣钱,他肯定嘴巴很紧,要闷声不响地发大财,无奈纸包不住火,这些钱在结算的时候总要通过财务,管财务的人会悄悄地向同事走漏风声,最终会有人向领导抱怨,领导要抚慰人心,结果只好撕毁和陈冬冬的那份协议。

陈冬冬肯定很愤怒,同领导说好的事儿单方面变卦了,他既幽怨又郁闷,知道是有人在背后搞他,斗是斗不过了,只好谁都不搭理,他在单位成了孤家寡人。

叶丹听了卫小玲的叙述,不由得叹息起来。

出版社是以盈利为主的单位,本来不应该有这种违反经济规律的古怪事情。陈冬冬并没有做错事,却弄得像是做错了事。她不由得想到几十年前的乡下农民为了挣点儿钱,把红薯或鸡蛋卖给城里人,就犯下了所谓的投机倒把罪。

卫小玲的眼神看上去也很茫然,叶丹感觉她是客观地看待这件事,她也是单位中群众的一分子,拿着不多的工资,就像当年老老实实种地的农民,看见别的农民偷偷摸摸地卖鸡蛋、红薯赚钱,心里可能也很反感。

人类有从众心理，宁可大家一起饿死，也不愿意自己衣衫褴褛忍饥挨饿，却看着邻人宝马香车锦衣玉食。如果富人生活在远离穷人的地球另一端倒没关系，如果他们和穷人天天生活在一起就不行了。

叶丹心里想归想，嘴上并没有多说，她没有对卫小玲发表自己内心的感想，虽然她理解并同情陈冬冬，可是她对陈冬冬的看法也有两面性。

这么些年来，她和陈冬冬打着交道，感觉他在本质上是一个诚实的人，他的话语一贯不多，办事很仔细，很扎实，和许多文科男不一样，他们往往志大才疏，打交道的时候满嘴跑火车，样子很热情，其实屁事办不了。

但是，听了卫小玲的话以后，她感觉到了陈冬冬还有着非常会算计的一面，有点像那种无利不起早的小买卖人，如果早就明白了陈冬冬这个特点的话，她估计自己不会和他合作这么些年。她翻译的这些书在陈冬冬的手里发行量太少了，它们应该都是些很畅销的书，陈冬冬把精力全都用在出版C作家的小说上，根本原因就是因为他能从出版C作家的作品中获得分成，因为有一份他和出版社签的协议。

叶丹觉得自己也没有必要再和陈冬冬打交道了。道义上，她认为陈冬冬没有什么错误，出版社的经济体制和外面的世界是脱节的，这当然不能怪陈冬冬。俗话说：人为财死，鸟为食亡。在这件事情上，真正扭曲变态的人不是陈冬冬。

讲完了陈冬冬的事，卫小玲和叶丹的午饭也吃得差不多了，她们后来让来撤碗筷的服务员在她们的茶壶里添加了热水。

两人静静地喝着热乎乎的铁观音茶,隔着窗,看得见外面炎热的大街上行人熙熙攘攘、川流不息。

卫小玲开始说起了自身的事情,她的眼睛里依旧充满了迷茫。

虽然出版社的元老陈冬冬被边缘化了,卫小玲却觉得对自身没有多大影响,她不是喜欢搬弄是非的人,也不会拉帮结派。但是,她也有她的郁闷。

卫小玲说,她在单位里不是像陈冬冬那样单打独斗地一个人搞着C作家或其他作家的小说,她是和其他几个编辑组成了一个小小的团队,有点像个战斗小组,或者说是小集体的承包。

在这个小组里,她一直干得挺欢。可是,到了年底发钱的时候,却发现到她手里的只是很少的一些钱,多数钱都被这个团队的一个女领头人给拿走了。女领头人其实干得很少,但她是组长,似乎多拿也是应该的,就好比企业高管应比员工拿得多,再说卫小玲进这个小组时并没有任何约定。

眼看着游戏规则居然变成了多劳少得和少劳多得,卫小玲等人在分配上还没有任何发言权。她进单位的日子不长,不好意思也不敢在单位里吵闹,只能回家向丈夫诉说,在家里生生闷气。

丈夫在私企工作,觉得老婆单位的分配制度像把人当作傻瓜,就建议她另寻出路。

卫小玲也觉得跳槽要趁年轻,忍耐下去不利于自己的身心健康,大大生气生出病的话就麻烦了,孩子还那么小。

叶丹安静地听着卫小玲的倾诉,她想起了陈冬冬以前对她说过的一段话,他的原话记不清了,只记得他的意思是做一名出版社的编辑在原理上同一个农民经营一块土地是一样的,一本书就像一粒种子,编辑、印刷、出版、发行,就像播种、施肥、浇水、收割。做这些事不要很多人手,一两个人就足够了。卫小玲参加的那个小团队的负责人其实是个可有可无的位子,等于平白无故地多出个剥削她的人,卫小玲是傻乎乎地掉进了一个小陷阱里。

进去容易出来难,卫小玲若要退出来的话必然要得罪人,她干工作的动力是挣钱,如果能像陈冬冬那样大把地挣钱就太好了,可是这个单位有它的规则,她不可能打破这个规则。

叶丹问卫小玲找到了好地方没有,卫小玲说过一个星期就要去面试一个单位,是一个私营的出版公司,老板来自外地。如果面试成功,她就打算辞职了。

叶丹微笑着鼓励她,她觉得卫小玲是一个有实力的年轻人,因为卫小玲掌握着一门扎实的外语,属于货真价实的人才。

像卫小玲这样外语功底扎实的大学毕业生,离开校园后多数都进了外资或合资的企业,进出版社的不多。

可是,事实上,多年后的上海却情况大变了,外资或合资企业不增加甚至减少了,外语专业毕业的大学生在毕业后出路减少了,进出版系统的则增加了。后来这种状况,当年的卫小玲和叶丹不可能想象得到。

二、任编辑和《真实的景象》

和卫小玲的这次吃饭谈心像一座分水岭,叶丹以后再也没有去过这家出版社。

叶丹为这家出版社所翻译的书全都印数很低，出版之后都像掉进了大海里的针，找也找不到。与此同时，上海的书店也越来越少，现代化的大超市和大购物中心却越来越多了。

陈冬冬没有再和叶丹联系，叶丹也没有找过陈冬冬。多年后，叶丹听说陈冬冬终于还是离开了这家出版社，进了和媒体报业有关的单位，或许，他曾用笔名发表过文章，或者是编辑过别人的文章，详情叶丹都不清楚了。

卫小玲后来面试很成功，如愿进入了那家私营的出版单位，由于是私营的，老板可以自定员工的工资，卫小玲拿到了比原先多了一倍的工资，她很开心，像一艘准备启程远航的新船，信心满满。

虽然无法再像从前那样通过陈冬冬及卫小玲来出版自己翻译的日文小说，叶丹却没有特别失落，因为她已经把精力转移到了自己所写的书上面了。

在这个炎热的夏天，她去了好几次海派艺苑出版社。目的是见任编辑，商议出书的事情。

有趣的是，叶丹发现任编辑和陈冬冬、卫小玲属于同一所大学的毕业生。此外，任编辑有些地方和陈冬冬挺像，他也不喜欢夸夸其谈，擅长埋头做事。不过，任编辑比陈冬冬年轻得多，估计小十几岁，是个斯文的白面书生，说话带着笑容，并不油滑，让叶丹感到踏实。

当然，任编辑愿意接受叶丹的书肯定有林丽的重要功劳。任编辑进入海派艺苑的时间不长，林丽和他不同，她是好几十年的老员工了，上上下下的人全都很熟悉。

不过，任编辑并不是没有原则的人，他仔细地看了叶丹从邮箱传给他的原稿，觉得叶丹写得很不错，关键是没有陈腐之气。最重要的是,只要是有思维能力的读者,就不会后悔买这么一本书。编书和出书既是一种文化行为,也是一种商业行为。

实际上,叶丹写完这本书后马上就告诉了林丽,林丽又马上推荐给了任编辑,叶丹甚至还没有想好该给这本书取一个什么样的名字。

因为书名也是挺重要的,好的、讨巧的书名更容易吸引读者的眼球。

任编辑在决定出版这本书后,问叶丹想取一个什么书名,叶丹说自己的这本处女作尚未想好书名,想起一个比较惊艳的书名,不知道怎样的更能夺人眼球。

任编辑听了她的话笑了起来,他说如果叶丹同意,他可以帮叶丹琢磨一个书名。

叶丹这时心情愉悦,她笑着望着他说:那就拜托啦,先谢谢你了!

后来,任编辑告诉叶丹,他已经想好了一个书名,叫《真实的景象》,如果叶丹同意,就可以采用这个书名。

叶丹觉得这个书名不错,向他表示自己完全赞成。

任编辑做事情的效率很高,他很快就把《真实的景象》全部校对完毕,他认为叶丹写的这本书没有什么需要改动的地方,只有一些错字或小的段落需要整理一下。

校对结束之后,他告诉叶丹,出这本书他一个人做不了主,必须领导那儿也批准才行,但是这本书没有任何出格的地方,所以估计不会有问题。

没有想到,在八月下旬的时候,任编辑突然给叶丹打来电话,说这本书送审没有成功,估计这本书的出版计划要黄了,他也没有想到会有这样的结果。

叶丹听了深感意外,一种沮丧的心情在胸中弥漫开来,她左想右想,还是想到了林丽,立刻拿起了电话,先把这个坏消息告诉了林丽,求林丽帮她想想办法。

事实上,这些事情叶丹本来并不明白,通过这件事情她才了解了出版社出书的程序。

任编辑告诉她,他编辑出版的书要通过三个人的批准,等于他上面有三个程序要走,或者说是他上面有三个领导,他们都有一级比一级更高的职务职称,全都是有头衔的,第一个叫室主任,他先跟这个室主任说了,室主任很快就批准通过了,室主任上面的是一位主编,主编是一位豪爽的北方人,军人家庭出身,这一关也走得很顺。

让任编辑意外的是,最后一关却卡住了。最后一关是社长那儿,社长不同意的理由和书无关,他还没有看过这本书,却对任编辑说不同意,理由是他认识的一个女记者去过日本,回来想写一本关于日本的书,想在这里出版。同样的书只出一本就够了,两本太多了。

听了年迈的社长断然的口气,年轻的任编辑顿时傻了眼,信心全消,只好打电话让叶丹另外想办法。

叶丹没有什么办法,她唯一的办法就是找林丽了。

林丽听完了叶丹的叙述,知道这件事的原委,明白是卡在了老社长那儿。林丽其实和老社长很熟悉,当年,老社长还没有升为社长时,林丽就做过他的部下,她很听从他的指挥。

林丽在单位里属于老黄牛类型的员工，不计报酬，任劳任怨，不偷懒耍滑，一个单位里如果没有林丽这样的员工，多半是会完蛋的。所以，林丽几十年来的苦劳也是有目共睹的，老社长感觉林丽是一个最忠实的部下，尤其是这个部下从不向领导和单位提个人要求。

林丽知道，叶丹的这本书完全符合出版的要求，读者买了也不可能后悔。在海派艺苑出的书里属于有质量的好书。叶丹写这本书的目的不是给自己的履历增添光彩，她在大陆没有供职，和那种用出书来评学位评职称提高自身砝码的动机完全不同。

林丽先是思索了一番，然后给老社长打了一个电话。在电话里，她先是简单地向老社长说明了一下叶丹这个人和叶丹所写的这本书，然后又用关系很铁很熟悉的人才能使用的语气问老社长，自己这几十年来在他的领导下有没有给他添过任何麻烦，提过任何额外的请求？

老社长对林丽这样的部下自然是没有芥蒂的，他承认林丽说得很对，到了晚上一定瞅瞅这是本啥样的书，明天上午就会给林丽和任编辑一个答复，也欢迎叶丹来出版社和他见见面。

挂上电话后，林丽就和叶丹通了电话，叶丹明白林丽已经做通了老社长的思想工作，心情总算好了起来，她立刻给任编辑发了短消息，讲了林丽和老社长的通话情况。任编辑的情绪重新振作了起来。

第二天下午，叶丹就按照林丽的指点，去了海派艺苑出版社，她先去找到了任编辑,又在任编辑的带领下去了老社长的办公室。

老社长的个子不高,皮肤挺白,胖胖的身材,戴着一副金丝边的眼镜,头发已经很稀疏了。

叶丹进了屋子,先和他握了握手,然后坐在他办公桌边的椅子上。

老社长亲切地问了一下叶丹的经历,并说他昨晚已经大致看完了这本《真实的景象》,感觉写得不错,可以在海派艺苑出版社出版。

叶丹听了更加放心了,她还带了几本自己翻译的小说,就从手提塑料袋子里掏了出来,放到了老社长的桌子上。

老社长拿起了一本,在手里翻了翻,然后说叶丹不妨替出版社翻译一些日文书,她同出版社大有合作的前景。

听见老社长这么说,叶丹忙笑着连连点头,称自己完全可以在这方面为出版社尽力。

她寻思,反正将来已经没有和陈冬冬、卫小玲的出版社合作的可能性了,能够有时间替海派艺苑出版社译一点书。

听叶丹这么说,老社长立刻让任编辑去叫来了一个人,他在海派艺苑出版社专门负责外国书籍的出版,名字叫苗江韵。

看上去,苗江韵四十岁左右,长得深目高鼻,有点混血儿的风范,皮肤却有点黑,后来林丽告诉叶丹,他在单位里有头号美男子之称,是云南人,从那儿考到上海大学的。

叶丹瞅着他轮廓感很强的脸想,幸亏他长得比较黑,如果太白了就会像个奶油小生。

玉树临风的大帅哥苗江韵同叶丹握了握手,脸上却没有多少笑容,神情有些忧郁。初次见面的叶丹闹不明白他的忧郁从何而来。

在老社长的吩咐下,他和叶丹交换了邮箱的地址。他告诉叶丹,社里已经买了一本日文小说的版权,希望叶丹能帮助翻译一下。叶丹忙点头答应,让苗江韵通过邮箱和她联系。

看上去这天下午的一切都显得很顺利。
最后,任编辑笑眯眯地把叶丹送出了出版社的大门。

三、《游戏》和《三个孔》

到了秋天,苗江韵通过邮箱和在东京的叶丹进行了联系。叶丹已经在东京书店买到了他要叶丹翻译的书,这本书的名字叫《游戏》。

在动手翻译之前,叶丹先把这本小说通读了一遍。她觉得有些可惜,海派艺苑出版社花钱购买了它的版权,可是它的价值不值得这么做。

应当说,这本小说在日本也算畅销了,但是它算不上文学经典。

不知道是谁向苗江韵推荐了这本书,他的引进有一些盲目性。他其实不了解这本书,原因很简单,他是中文系出身,虽然略懂一些英文,日文却完全不懂。

这本出版时间不长的名为《游戏》的小说也是日本小说出版史上的一个小小奇迹,或者说是小小的浪花。

当年,小说作者才十九岁,应该算是天才少年了,他拿着自己写的这本书的原稿找到了出版社，想要把它出版，当然，他是很有信心的，认为市场会接受这本书。

无奈，当年的出版社编辑看了这个无名小卒写的书以后都不敢出版，怕到了书店没有人买，让出版社赔钱，带来商业损失。

少年跑了几家出版社，都没人敢出他的书。

最后，有一家出版社同意先给他出一千册试一试。没想到，这一千本分发到了各个书店以后很快就卖完了，于是出版社又急忙加印了几千册，不久之后又全卖完了，然后便再印再卖……就这样，这本书不断地小批量印刷出版，过了几年，叶丹买这本书的时候，这本书居然已经再版四十多次了。

至此，这位少年当然已经长大了，他成了一个年轻的专业作家，在第一本书的成功鼓舞下，他又陆续创作了几本书，销售情况大概也不坏。

拿着这本将由她来翻译的书，叶丹细细地看了一遍，发现这本名为《游戏》的长篇小说带有幻想小说的因素，并且具有一种烙印，这种烙印只有玩游戏机长大的新新人类思维中才会有。

在老一辈的没有玩游戏机童年的人看来，这本书里的许多情节是莫名其妙的。可是在拥有玩游戏机童年的人看来，这个故事能被理解和接受。

当初，那么多的出版社拒绝它，是因为编辑们和作者不是同一代人，在这些编辑看来，作者写的故事对他们没有代入感，就像一个别的世界的故事。他们由此断定，出版了以后不会有人买，不会盈利，只会赔本。这些看走眼的编辑已经跟不上潮流了。

这个时候,上海也出了一个文学少年才俊,叶丹不由自主地想到了这个姓H的少年作家的成名作《三个孔》。

《三个孔》和《游戏》是同龄的两个少年写的书,不同的是一个住在东京,一个住在上海。

叶丹觉得,这两本书有很大的不同。它们的气质不一样,《三个孔》虽然是少年的口气,内涵却是凝重沧桑的,《游戏》虽然想象大胆,挑战既有的成人思维,骨子里却是轻薄轻佻的,没有厚重的底蕴。

《三个孔》是一个成人在用少年的口气说话,《游戏》是一个少年在幻想中向成人挑战。

《三个孔》的文笔生动有趣,修炼得炉火纯青,很压抑;《游戏》的文笔直白淡泊,节奏明快爽朗,很奔放。

叶丹知道网络上那些质疑《三个孔》真正作者的各种传说,她比较相信这些传说。

这时,叶丹看着桌上的《游戏》,心里还是为海派艺苑出版社的出版决定感到有些可惜。

《游戏》虽然在日本的书籍市场销量不错,陆续地再版了四十多次,可是它毕竟只是一个十九岁的年轻人写的,内容太简单,有点儿影射现代日本的感觉,却属于很不着调的幻想型小说,不是经典性的文学作品。

海派艺苑出版社花钱买下了它的版权,很难说这笔钱物有所值。当然,和苗江韵不了解这本书有很大的关系,他看不懂日文原版作品。叶丹觉得,既然有这笔钱和精力,就应该引进更加上乘的文学作品。

虽然觉得惋惜,叶丹还是天天坐在东京家中的书桌边,仔细地把《游戏》的一字一句翻译成中文。

因为这本书的内容很浅显,她翻译时很轻松,比以前替陈冬冬出版社翻译的那些小说容易得多。

在世界文学史上,少年老成的小说家并不罕见。

在美国,作家塞林格写下文学史上著名的《麦田里的守望者》时也很年轻,才三十二岁,不过他那时已经去过欧洲,并从军队退役了,和只有学校经历、没有离开过家的年轻人相比,他的阅历自然是无法比拟的。

叶丹后来发现,《三个孔》《麦田里的守望者》《游戏》虽然是中、美、日三个国家的文学作品,却有一些很有趣的一致性,都是描写一个具有反叛思维,带有反社会潮流倾向的男孩……

在翻译《游戏》时,叶丹和过去一样,给自己制定了每天的翻译量,她像一个勤勤恳恳、技术熟练的拖拉机手,坐在电脑前用了两个多月的时间译完了《游戏》。

然后,她用邮箱把译稿发给了苗江韵。

《游戏》后来顺利地出版了,叶丹回上海时去了海派艺苑出版社,苗江韵把翻译费付给了她,并且答应将十本《游戏》寄到东京叶丹的家里。

后来,叶丹收到了苗江韵寄来的10本《游戏》,以后没有再见到苗江韵。

林丽说,苗江韵自己调动到某一个大学的文学系当教师去了。叶丹好像明白了苗江韵那天为何一副闷闷不乐的样子了,他的忧郁大帅哥形象永远地定格在了叶丹的头脑之中。

四、《真实的景象》的出版和卫小玲的跳槽

在这一年的春天,任编辑负责的《真实的景象》出版了。这是叶丹创作的头一本书。

送书的人把新书运到叶丹在上海的家中时,叶丹还在东京,家人通过国际长途把这件事告诉了叶丹。

夏天,叶丹回到上海,看到了家里摆的自己写的新书,心里感觉非常高兴。她后来对两件事情非常热衷,一件是把自己写的处女作赠送给各路的亲朋好友,另一件是经常上网看看网上各种读书会的网友们对自己这本书的评论。

叶丹知道,自己写的这本《真实的景象》在文字上是很简洁明快的,但是有些地方的含义还是比较深的。叶丹挺关心读者们是否真正地看懂、看透了。她基本上是不喜欢和亲朋好友讨论自己这本书的,只喜欢看网上的那些读书体会。

后来,她渐渐发现有些读者还是看懂了自己所表达的一些东西,这让她感到挺欣慰。

出版了《真实的景象》,叶丹觉得自己就像一个旅行家,终于走完了第一段旅程。

下一步,她还要继续前行,走一段新的道路,也就是再写一本新的书。

关于这本新的书,叶丹在心中已经有了构思。

这一回,她要写一本小说,书名也已经想好了,是《静夜 流水

星星》。

其实，无论上海还是东京，都是人口密集的大城市，夜晚看不到多少星星，星光璀璨的夜空只存在于叶丹的记忆里。多年前，她常常乘坐海轮，往返于东京港和上海港之间。她记得，在船上如果是晴朗无云并且没有月亮的夜晚，会看到整个天际布满了密密麻麻的星星，对城市生活的她来说是一种震撼人心的景象，她仰着脑袋对天地宇宙无比敬畏，并意识到自己个体的渺小脆弱，还有岁月的疾驰、人生的虚幻⋯⋯

和许许多多写书的人一样，叶丹想要写出自己所看见、所体会的人世，里面既有美好，也有丑陋。她想给读者展示一些东西，就好比天空宇宙若干年前呈现在站在深夜海轮甲板上的叶丹头顶上的浩渺星空⋯⋯

这个夏天，她还见了卫小玲。

卫小玲跳出了原先的单位，在一家名叫"A和B"的私营出版公司已经工作了一个年头了，她看上去意气风发、斗志昂扬。

周日中午，在徐家汇一个购物中心，卫小玲请叶丹吃了一顿粤餐。叶丹问起她的女儿，她说由老公在家里带着。

在粤餐馆里，她们边吃边聊，主要的话题还是和书籍有关。

卫小玲告诉叶丹，"A和B"的老板姓田，田老板本来是在外省的一个城市里搞出版的，在这个行业里他有一些人脉，能到上海来大展手脚开办一家私营出版公司也算是有勇气的举动了。当然，作为私营出版公司，他在某些方面是没有权限的，比如，不可能拿到书号，必须和国营出版社合作出书。

在这个新的职场,卫小玲觉得田老板很重视自己,其他的编辑只懂中文,她是编辑中唯一一个能够熟练使用一门外语的人,田老板让她负责翻译部门,给她一种能够在翻译出版领域大权独揽的感觉。未来,她还要去东京参加书展。这将会是她第一次去日本,如果在原先的那个出版社,这样的事还轮不到她。

叶丹听了很为卫小玲感到高兴,她觉得卫小玲离开了原先的出版社来到"A和B",有点像当年改革开放以后被解放了生产力的农民。她觉得自己也可以给卫小玲出谋划策提供不少新颖的建议,当然最重要的是能够出畅销书,出了畅销书,出版社能赚到钱,田老板能赚到钱,卫小玲当然也能赚到钱了。

叶丹建议卫小玲把自己翻译的已经出版过却印得不多的《女白领们》等书在"A和B"再进行出版,这些书都是现成的,只要再买一次版权就可以了,投放市场肯定能得到读者们的欢迎,不怕没有销路。

不过,卫小玲对叶丹这些话的反应不是很热烈。

后来,叶丹才明白,田老板其实是个更接近于商人的出版人。他不舍得拿出钱去买版权,"A和B"基本上只出一些版权已经过期的老书,这些老书都是反复再版的,"A和B"的出版在文化界和书友的话题中完全没有什么影响。

叶丹和卫小玲边吃边聊时探讨过田老板经营"A和B"的目的或者说是动机,卫小玲告诉叶丹,她感觉田老板的目的是想让"A和B"上市。

事实上,若干年后,"A和B"并没有上市,却被一个国营大出版社收购去了,不管多少,田老板还是套到了钱。

至于卫小玲,她没有和叶丹再联系,叶丹只知道她后来又辞了职,具体原因不明,有人说卫小玲后来又重回到了原先的出版社,还有人说她成了自由职业者,说法各异。

五、升和降

几年后,叶丹曾拜访一家南方出版社驻上海的分社,分社长同她聊天时无意中透露出卫小玲几个月前曾来他这儿应聘,是由别人介绍来的,他便聘用了她,可是她后来又辞职了。

分社长毫不惋惜地说,现在会外语的大学毕业生很多,卫小玲的年纪比他们大多了,主见也太多,不如年轻人好使唤。说到这儿,他指指一个正在电脑前忙碌的扎着马尾辫的清秀女孩,说她是留日回来的,去年从东京的早稻田大学毕业。

叶丹听了他的话,心里暗暗地感到震惊,她的震惊有多方面。

首先,叶丹感到时代变化太大了,没有多少年,学历和知识全都贬值了,卫小玲那样的名牌大学和眼前这个年轻女孩的国外名牌大学在职场上全都失去了往昔的辉煌,在早年,这样的事是无法想象的。那时候,她们不可能愿意进这样的小公司。

其次,叶丹不由自主在内心把眼前的分社长和卫小玲对比了一番。

他和卫小玲一样,也是乡村长大的农家孩子,也是靠着勤奋和天分考进了上海的大学。在走进上海的一家大出版社时,他的自身条件在某种意义上其实还不如卫小玲,他的大学不如卫小玲的大学有名气,卫小玲还会一门扎实的外语,他只是从中文系毕业的。

然而,多年奋斗下来,他却和卫小玲在出版这个行业里拉开了太大的距离,虽然卫小玲其实是一个工作很勤奋、很努力的人,热爱本行,干活一点儿也不偷懒。

回到家后,叶丹不停地想他们两人的事情,觉得这两个来自农村的人在上海这个大城市的职场故事简直能做电视剧的素材。

叶丹知道,分社长在职场道路上的惊涛骇浪远比卫小玲的厉害,可他最终还是上升到了高于卫小玲的平台。

叶丹想来想去,觉得根本原因是分社长在这些年的摸爬滚打中掌握到了实力,学会了经营;而卫小玲却一直两手空空,没有获得实力,徒有技艺,也就是只有编辑的经验和翻译的能力。

所谓实力也就是人脉,分社长拥有很重要的人脉。作为出版工作者,他和一些作家的相互信赖关系便是他的实力,这种信赖关系是他长年经营的结果。这就很像老农民手里拥有优良的种子,再加上辛勤耕耘,必然能获得丰收。

其实这个道理卫小玲应该明白。叶丹以前在和卫小玲闲聊时曾经提醒过她,告诉她建立人脉的重要性,她曾经建议卫小玲担当自己的经纪人角色,特别是在卫小玲进了"A和B"出版社后,田老板很信任她,让她独当一面,她更可以放手干了。一切都应该让读者、让市场说话,只要能赚到钱,田老板就不会亏待她。让田老板成功了,她也能在这个行业提高自己的知名度,不怕田老板辞退她,纵然被辞退了,她也可以带着人脉上别处谋生。

结果卫小玲当然没有听取叶丹的那些主意,她因为擅长日语,对于和日本作家及出版社打交道的事比较感兴趣,她以为这方面的经验对于她很重要,其实这都是事务性的工作。

她不是老板,日本作家及出版社只会对有财力及发展前景的老板感兴趣,对具体操作的人员不可能多么感兴趣。而田老板及"A和B"不属于能让那些当红的日本作家在经济上感兴趣的平台,所以试图在"A和B"这个小平台上同日本作家建立良好的人脉,卫小玲自然是无法成功的。

分社长在建立他独特的人际关系时尝到过许多甜酸苦辣,克服了种种困难才取得了不小的成功。卫小玲没有他早期那种坎坷经历,她一直有点儿像个女文青,有幻想和纯情,没有对自己的准确判断,失去了很多机会,也没弄明白出版究竟是怎么回事。

六、谢小双的故事

有一天,林丽在电话里告诉叶丹,说她有一次开会时遇见了谢小双,他的腿伤已经养好,并已上班了,他想和叶丹聚聚聊聊天。叶丹欢快地同意了,说这两天正好有空闲,她家附近的一个上海风味菜馆就很不错。

那是一个天空晴朗、月亮高挂的夜晚。这家菜馆开在一幢白色小洋楼里,小洋楼坐落在一个幽静的街口,街上长满了高大的梧桐树,宽大的树叶在夜风里沙沙作响。

谢小双的腿没有落下残疾,走路的样子挺利索。他和林丽同事过很多年了,聊天时没有隔阂的样子。

叶丹负责点餐,她事先声明过了,这次必须她来埋单。

三个人吃饭时天南海北地聊着天,叶丹津津有味地听着谢小双侃他单位同事的种种绯闻逸事。她早就知道许多文人都有着风流的特点,但是这种风流有时会被看作下流,有时会成为职场争斗的陷阱,演绎出丰富多彩、令人唏嘘、令人欢笑的段子。

此外,谢小双告诉叶丹,他有一个儿子已经结婚了,住在东京,所以秋天时他可能要到东京去逛一逛。

叶丹听了很高兴,说东京秋天的景致是很美的,可以去看看那时的红枫,她可以领他逛逛,还把东京家里的电话号码和邮箱的地址都告诉了他。

三人这天晚上都吃得很尽兴,聊得也很开心。

到了十月中旬,叶丹在东京接到了谢小双打来的电话,只听见谢小双从电话那头传来的声音充满了欢乐,因为他儿媳十天前生了个很健康的男孩。

谢小双的儿媳是在日华人的后代,她前几年去上海大学留学的时候认识了也在这所大学里念书的谢小双的儿子,两人热恋一番之后结婚成了家,最终就把家安在了东京,谢小双的儿子则在东京找了一份职业。这次谢小双是第一回来日本旅游。

他觉得看到的一切都很新鲜、很有趣,只是儿子实在太忙了,没时间陪他玩。

听完了谢小双的一番讲述,叶丹便表示自己可以带着他在东京逛一逛。最后两人商定第二天早上在谢小双儿子一家居住的川口车站碰头。

第二天,叶丹很早就起了床,她给家人忙完了早饭之后便急急忙忙地出了门。

在川口车站的检票口,她看见穿着一身休闲服、斜挎一个黑色小包、头上戴顶小白帽的谢小双和一个五十来岁长卷发大眼睛、打扮得很雅致的女人站在一起张望着,后来知道那个女人是他的亲家,也就是他儿子的丈母娘,因为儿子怕父亲走迷了路,特地让丈母娘陪他过来,把谢小双交到叶丹手里才能放心。

接着,叶丹便带着谢小双去了银座,两人在银座东游西逛,充满了好奇的谢小双觉得很开心,还在一些名品店里了解了欧洲一些名品的价格,说是上海的一些亲戚托他来打听的。

很快就到了十二点,两人的肚子都饿了,叶丹带着谢小双进了开在银座松屋百货店楼顶的一家和食餐馆。

就像一般比较讲究的和食餐馆,跑堂送上来的午餐定食装盘都相当美观,在动筷子之前谢小双先用相机拍了下来。

饭后,叶丹又把谢小双请进了一家咖啡馆,一种栗子蛋糕是这家店的特色,吃在嘴里口感极佳,叶丹特意请谢小双尝尝。

此外,每天午饭后她要喝点儿浓咖啡,否则一下午都会打不起精神。

咖啡馆里欧式布置,模仿着巴黎或维也纳的老派咖啡馆,挂着水晶吊灯和风景油画。

安静的店堂里客人不多,两对上岁数的男女客人衣冠楚楚,慢慢地品味着咖啡和点心,轻言细语地消磨着午后的时光。

谢小双和叶丹面对面地坐着,深天蓝色的丝绒大沙发给他们很舒适的感觉。叶丹这一天穿着一双浅咖啡色的高跟皮鞋,两条腿其实已经走得很累了,此时正好让她舒服地休息一下。

谢小双吃着栗子蛋糕,称赞它有种入口即化非常香糯的感觉,很开心满足的样子。

叶丹微笑地喝着咖啡,也用小勺把蛋糕送入口中。

他们边吃边聊,谢小双和在上海时一样地健谈,叶丹扮演听众的角色。

谢小双回忆起他的年轻时代,他曾经在军营中度过了好几年的时光。

他告诉叶丹,他的军旅生涯是在大西北靠近内蒙古的一个地方度过的,当地的风土人情同上海的差别大得简直不像在同一个星球上。

首先地理面貌、气候条件就是完全不一样的,然后人文环境也是截然不同的。

他因为年轻时形象颇佳,还会唱会跳,曾参加军队的文艺宣传小分队,四处表演那个年代样板戏里的京剧段子,他演得最多的是《智取威虎山》里的杨子荣。

在他的军营驻地附近,有一些当地农村的老乡,年轻的农村姑娘们自然对他们这些小战士很感兴趣。

他告诉叶丹,有一个姑娘是当地农村大队长家的女孩,有着西北姑娘本色的美丽,对他很青睐。然而他那时完全是个不解风情的毛头小伙儿,从小接受的都是革命的理想教育,对女人的心思连揣摩的能力都没有。

他记得,姑娘当年曾用一种现在的人根本想象不到的办法来示爱或者说是卖弄风情。

那一带其实是长年缺水的干旱地区,他们的军营里自然是有水源的,军营里除了战士们,还养了不少军马,是用来拉炮车的。

这个农村干部的女儿有一天就端着脸盆来军营洗头了,名义上当然是为了用到军营里的水。

然后,就在这个温暖的大太阳天气里,她在那儿洗头,并慢慢梳理一头长长的黑发,朝谢小双住的营房门口张望着……

后来,谢小双有事去了当地的县城,走在回来的路上时,他遇见了这个姑娘,却闯了个不小的祸……

叶丹听得津津有味,问他闯了个什么祸,只见谢小双微笑着长长地叹了口气。

这时,不远处的一对客人离去了,老头儿拄着一根拐杖,身着和服的老太太挺着直直的腰板。谢小双向他们的背影扫了一眼,思绪重又返回到了那个遥远的时代。

他垂下眼皮,喝了一口咖啡,继续说了起来。

当时正是初夏的季节,从县城回来的路上要经过一条小河,河水并不深。

风华正茂的解放军小战士谢小双背着一个军用挎包,脚步匆匆地来到河边,看见老乡大队长的女儿和一个小男孩站在那里,面有难色地望着他。

他一问,才明白这姑娘不敢过河,说是河水涨了,怪害怕的。

谢小双在部队受到的教育都是要他们多为老乡做好事,他傻乎乎地认为现在正是为人民服务的好机会,就脱下了军用胶鞋让男孩拿在手中,背起他蹚水过了河。然后,他又重新过了河,背起大队长的女儿往对岸走去。这也是他头一回和一个年轻女子的身体贴得这么近,脑子里虽然有点儿热烘烘,不过也没有多想。

办了这件事,他心里一直美滋滋的,觉得自己离那个喜欢做好事不留名的雷锋近了一步。然而没有想到,事情和他所想的正相反。

没过多少日子,一个大晴天里,部队营房门口突然来了一帮子老乡。

那是一个星期天,谢小双吃完了早饭,正准备去洗自己的脏衣服,他并不知道军营门口的热闹。

一群老乡被站岗的哨兵拦住以后,连长和指导员出来问是咋回事儿。

老乡的回答让他们大吃一惊,他们说,你们这儿的一个小战士曾在几天前背着咱们的一个闺女过了河,这个闺女就应该嫁给你们的小战士,今天是想来和他定亲的。听他们的描绘,知道那个傻乎乎的小战士是谢小双,指导员赶紧脱出身,到营房里找到谢小双,叫他赶快躲起来。

连长则使劲儿哄住这帮子老乡,给他们又递烟又送茶,那个年代的人本来就很单纯,西北偏僻地区的农民更加单纯。

连长告诉他们,定亲肯定不行,部队有纪律,战士随便谈恋爱要受处分的,开除党籍、开除军籍,提前复员,如果你们非要定亲的话,他就只能离开这里、离开部队了。

老乡们抽着烟喝着茶,愣愣地听着连长的话,逐渐明白他们跑来这一趟很可能会毁了谢小双的前程,后来便老老实实,很沮丧地走了,好在这件事没有影响当地的军民关系。

谢小双后来详细地向指导员叙述了背那个姑娘过河的事情,反正当时还有她弟弟在场,更能够说得清。

指导员听的时候忍不住笑了,看着谢小双满头大汗的样子,知道那姑娘心机太深……

叶丹听了也直笑,她虽然比谢小双小了好几岁,儿童时期也是那个年代,对那个时代的价值观是有所记忆的。

他们后来离开了咖啡馆,在秋风徐徐的银座大街上散了一阵子步,拍了一点儿照片。

夕阳很快地下去了,东京的天空逐渐变成了深蓝色。

这天晚上,叶丹请谢小双在新桥的一家居酒屋吃晚饭。

喝了一点梅酒,吃了一些生鱼片和烤鸡肉串之后,谢小双的谈兴又浓了起来,继续说着他当年在部队里的经历,这些经历依旧和男女情感有些关系。

叶丹听得很专注,她没有过军旅生涯,按理不会在他的故事中产生代入感,可是她能够想象,通过他的描绘,她仿佛看到了一幅幅的画。尤其是那个西北女子洗头的场面,她不由得想到丁绍光和陈丹青他们画的那些风情万种的藏族女子或云南女子……

谢小双说,他曾经生过一场病,住在师部的医院,有一个年轻护士对他格外地关心照料,后来知道,她其实是一个军区副司令员的小女儿,照料他也不是无缘无故的,原因是已经爱上了他……

听了这些,叶丹不由得又想起了以前看过的那部名叫《与青春有关的日子》的电视连续剧。里面的一个男主角也是在当兵的时候住进了军区医院,然后一个小护士也是无微不至地带点儿强制性地照料他,这个小护士的父亲其实还是个将军。

叶丹寻思,这样的事情只会发生在那个年代,如果是现在,军中高官的女儿不可能在医院里当一名小护士,也不可能爱上一名没有背景的小战士。

她感慨地叹息着,建议谢小双把这些有趣的经历写出来。谢小双说他已经写了不少,只是还没有发表,正联系一家北方的杂志社,想在那儿发表。

他们离开居酒屋的时候已经快九点了,叶丹害怕人生地不熟的谢小双走丢了,一直把他送到了川口车站的检票口。她回到家已经十点多钟了,夜晚的东京大街上吹起了冷风,她拿钥匙开家门时觉得手指有些冰凉。

丈夫已经洗完澡准备睡觉了,儿子还在他自己的房间里忙作业,两个人都知道她白天陪熟人逛银座了,谁都没兴趣打听银座和熟人的情况,叶丹还牢牢地记着谢小双的故事,她觉得自己眼下的生活太普通、太平静了,不过她也不可能为了把生活过得更丰富多彩而瞎折腾。

七、谢小双的单位

谢小双离开东京后,叶丹继续隔三岔五地抽空写那部长篇小说,她觉得自己写的这部小说和谢小双的人生回忆录很不一样,笔下的故事是无法用嘴说出来的,人物也远不如谢小双故事里的那么阳光。叶丹的写作时停时续,到了第二年的春末,她终于把这本书收尾了,放松心情休闲了一个多月后,她和儿子一起回到了上海。

在上海,她给谢小双打了个电话,听上去他的声音很愉悦,表示很高兴能在上海再见到她,让她第二天上午去他的单位玩玩。

第二天,叶丹兴冲冲地去了谢小双的单位,它坐落在上海西区一条幽静的道路旁,和西区的许多道路一样,这条道的边上也长着一排年代久远、叶子茂密的梧桐树。

本来应该是炎热的盛夏,因为凌晨下了一场小雨,空气中就有了一丝凉意。

谢小双的单位在一个有着漂亮花园的西式大洋房里。这幢洋房虽然还远远赶不上叶丹小学时去的那座市少年宫,可是在上海众多的花园洋房里,它已足够大、足够有气派了。

关于市少年宫,叶丹成年后虽然再也没有去过,印象却是极其深刻的。当年,她头一回进去时刚上小学一年级,看见那富丽堂皇的大厅,她幼小的心灵觉得这就是真正的人间仙境了。几十年后,她在东京看到了一本由一个年轻的英国女学者写作的纪实作品,里面讲到,上个世纪在建造这座豪宅期间,犹太房主人一家去欧洲旅游了三年,回来后才发现,他们的家不仅没有造好,那位思维狂放的建筑设计师因为酗酒还是其他什么事,竟然住进了医院。他的设计是追求艺术而不是生活,结果客厅奇大,生活的房间简直就是不了了之……

进了谢小双的单位,叶丹跟着他走上了三楼,进了他的办公室。办公室里没有一个人,里面挺大,摆着四个大写字桌,每张桌子上都有不少的书和纸堆在那儿。

谢小双让叶丹坐在他办公桌旁的一个咖啡色沙发椅上,然后端来一杯泡在纸杯里的袋泡茶。接着,他捧了一摞杂志送给叶丹,有四五本,都是最近一段时间出版的。

他告诉叶丹,这个洋楼里有三家杂志的编辑部,三份杂志分别为《秋天的欢歌》《播种》《都市文化》,《都市文化》也就是谢小双担任编辑的杂志,现在有好几本放在一个袋子里,搁在叶丹坐的沙发边。

叶丹早就知道这三本杂志,上世纪80年代的时候它们曾经有过一段黄金时期,主要体现在它们的发行量都极大,拥有可观数量的读者群,那时候在邮局报亭之类的地方都能买得到这些杂志。

现在,一切自然是今非昔比了,它们的发行量和当年无法相提并论,在如今的书籍市场上已经比较难觅它们的踪迹。

叶丹虽然很想知道,却不好意思问谢小双《都市文化》每一次发行能卖掉多少,反正靠着财政拨款,《都市文化》没有倒闭的担忧。

然而,谢小双告诉叶丹,位于二楼的《播种》现在却办得很红火,购读者均为青少年和为青少年上课的那些语文老师。

《播种》曾经专门为青少年举办过作文大奖赛,后来叶丹在网上还看见过有人写文章专门揭露这个大赛的黑幕,大量的人因为这件事而形成两个阵营,在网上爆发了一场又一场的口水战,有的当事人一直沉默不语,守口如瓶到谢世为止,大概一旦开口就可能像多米诺骨牌一样,瞬间产生一种大厦倾倒般的大面积坍塌。

叶丹曾经思考过青少年作文教育的问题,因为她看见过儿子在日本学校的作文学习。以她的固有观念来看,简直就是一塌糊涂。对此,她曾经产生过强烈的焦虑,儿子念小学时从来也没有学过造句,后来的作文也从来没有被老师教过文章规范之类的东西,这种情况让她一直感到困惑和匪夷所思。

后来,叶丹慢慢才有点释然,思维逐渐转换了。

首先,虽然作文教育那么糟糕,却并没有妨碍日本成为一个文学大国。其次,对于学生来说,高考作文不如中国那么重要。

最重要的是,给文章设立规范会束缚学生的头脑。

为什么高考作文在中国重要,恐怕和中国历史上用考八股文来选拔官员有点儿关系。而在日本不重要,当然也会有各种原因,叶丹觉得其中的一个原因是作文这种东西是没法评分的。此外,命题作文还有点儿像赌博,猜中了肯定就像撞上了大运,偶然性太强,体现不了真正的公平。

这些教育方面的功利性因素也造成了《播种》杂志的畅销,和这本杂志本身的人文精神没有多大的关系。

这天中午,谢小双带着叶丹去底楼的单位食堂吃了一顿午餐,叶丹已经许久没有在这种国营单位的食堂里吃过饭了,吃在嘴里的饭菜对她来说有一种既陌生又熟悉的感觉。

饭堂由一个口字形的一圈桌子和椅子所组成,叶丹极其好奇地边吃边观察周围的人们。她估计他们都是和谢小双同样,在这幢房子里工作的人。

叶丹觉得,这些人看上去仿佛和外面的人生活在两个世界,光打扮就不太一样。外面的人似乎都在追逐时尚,建设新生活,逐步和世界接轨,这里的人却仿佛停滞在一个博物馆般封闭的空间里。

事实上，叶丹也是仅凭自己的感觉，没有深入接触他们，只是觉得他们的头发、他们的衣服、他们的眼神、他们的做派都给她一种穿越回过去的感觉。

大概在这个世界还是男性为主导，坐在这个食堂里放眼望去，中老年的男人占了压倒性多数。后来，叶丹终于看见了一个女人，年龄不算大，顶多刚三十，容貌也长得挺清秀，可是让叶丹感到对她印象深刻多年都忘不掉的是，她神情冷漠，穿着一身灰不溜丢的衣服，不仅没有化过一点儿妆，头发也乱蓬蓬的，像早上起床后连梳头都没顾上便来上班似的。

本来，这里应该是聚集着一群这个城市的文化精英，他们应该是个性张扬思维超前，由他们来引领外面的那个大都会的文化，在精神上担负起提升广大市民文化水平的责任。

可是，现在看来，他们却好像已经被市民们遗弃了。天天在他们自己封闭性的小圈子里，过着一种连他们自己都不喜欢的日子，就像那个年轻女子，居然连自己的头发都懒于梳理，明显说明她过得一点儿都不痛快、一点儿都不幸福。

幸亏人的思维在外表上是看不出的，叶丹笑眯眯地坐在那儿吃饭，谢小双从外表看不出她在想些啥。作为这幢房子里的一员，作为《都市文化》的编辑，他经常在这里招待杂志文章的作者们，看到叶丹这个陌生女人坐在食堂里吃饭，那些个个都打扮得落伍于时代的男人的表情都是见怪不怪的样子。

饭后，谢小双领着叶丹到花园里转悠了一阵。
他指着花园里的景物说，这个房子和花园本属于一个号称棉纺大王的大资本家,1949年后,他家把房子交给了政府,就全部移民海外了,上世纪80年代改革开放后,他家的后人又回来想要回房子,没想到当年那个棉纺大王在把这处房子交给政府时曾经写过一份字据,这份字据仍保留着,所以房子还是没有要回去。

他又指了指院子里的另外一幢不大的建筑,说那里是领导们办公的地方。

叶丹听他这么说,就朝着那幢不起眼的小建筑张望了一眼,她本以为刚才吃饭的房子就是这个单位的全部了,没想到在当年住着棉纺大王一家人的这么小、这么狭隘的地方还像古埃及尼罗河边的金字塔一样,既有塔基又有塔尖。

参观完了院子以后,叶丹便向谢小双告辞了,来这一趟使叶丹开了不少眼界。

到了这一年的秋天,叶丹和儿子又回到了东京。

十月份,叶丹在家已经把《静夜 流水 星星》修改好了一大半,却又发生了一件事情,让她不得不把修改自己小说的事搁置在了一边。

第六章　山田的书

一、校　阅

多年前,叶丹的丈夫在工作时认识了一个名叫山田优的男人,他昨天忽然打了个电话给叶丹的丈夫,说有事想请叶丹帮忙。

山田优本来大学毕业后就去美国工作了,在一家相当有名的美国公司干了近十年,还娶了老婆、生了孩子。后来,他又辞去了这份工作,带着老婆、孩子回到了从小长大的东京。

在东京,他开了一家小公司,试图把在美国学到的经营公司的方式介绍到日本来。

叶丹知道,山田优的这种小公司用中文来说就叫咨询公司,就像给有点儿问题的公司看病的小诊所。

后来,山田优大概确实领着部下成功地把一家衰退得很厉害的大企业重新整顿振兴了,然后,他的小公司当然也获得了应有的可观报酬。

山田优是个很聪明的男人,他把那个过程详详细细地写成了一本书,以后再给其他的企业动"外科手术"时,便能把这本书当成一种教科书了。

除了在日本推广他的经验,他后来又想到中国推广经验,所以便想把这本书翻译成中文。

山田优在东京认识不少形形色色的各路人马,他后来找到了一个姓陈的在东京念博士的北京人,出钱让陈博士帮他把这本书翻译成了中文。

有了翻译稿,应该有人再进行校对,山田优大概找不到这样的人,就求到了叶丹丈夫这儿。当然也不是白干,他让叶丹在一星期里校对完,报酬五万,等于每天一万日币。

叶丹听见这事儿,觉得自己能够轻而易举地完成,立刻满口答应了。

很快,山田就用快递把所有的材料都送到了叶丹的家里。

叶丹本以为这件校对工作很轻松,只要对照日文的原书把中文翻译稿看一遍,将里面的错译部分修改一下就可以了,再说也不是文艺作品,不需要考虑文字优美的问题,只要意思全对,通俗易懂就可以了。

可是一旦做起来,她才明白自己原先的想法太天真了。

她发现,陈博士有的地方翻译得很对、很正常,有的地方却是乱七八糟的,就像一个人有时很正常,有时却突然神志错乱了。

叶丹起先非常纳闷儿,她不明白这本书怎么会翻译成这种样子,总共有三分之一的地方必须重译,否则就没法看了。

这样一来,她做的事就不是校阅,而是翻译了,她也不能打电话向山田抱怨,只好在晚上向丈夫抱怨。丈夫听了她的抱怨只能苦笑,让她多包涵,帮帮山田的忙,肯定是陈博士在粗制滥造,山田也是被忽悠的,他也看不懂中文。

叶丹觉得丈夫的话也对,只好抓紧时间干,不仅白天,晚上也坐在电脑前忙着重译。

她后来反复琢磨,终于明白陈博士翻译的这本书稿为什么会像间歇性精神病发作似的一会儿很正常,一会儿完全狗屁不通。

应该说一切都归因于谷歌翻译。

照理,一个人在翻译时借助谷歌的翻译功能完全可以,遇到生字可以到谷歌上查。

如果懒一点,或投机一点,或日语功底差一点,有的人大概也会把一大段的文字用谷歌翻译出来,但是这样翻译出来的文字其实乱七八糟,根本不能用,要用也得仔细地整理一遍才行。

叶丹觉得,陈博士翻译稿里面近三分之一的莫名其妙的段落恐怕就是谷歌翻译的,他把一整段输入谷歌,再把谷歌翻译出来的一整段狗屁不通的中文直接粘贴上去。

陈博士觉得山田不懂中文,就用这个办法忽悠山田,忽悠翻译费。

陈博士这么一搞,叶丹可就累坏了,她只能先用一支淡天蓝色的水彩笔把那些不知所云的中文段落全都勾出来,再用水彩笔把相对应的日文段落也勾出来,接着完全不看那些乱七八糟的文字,直接根据日文一字一句地仔细翻译。心里火气大的时候,她便直骂那个陈博士,虽然他根本听不见。

叶丹后来联想到近几年在上海买的那些欧美翻译小说,基本上没有一本是可看的,翻了几页就被她丢到一边儿去了,她寻思这多半也都是谷歌的功劳,唯一区别是翻译者们不像陈博士那样不整理就往上贴,好歹都是整理过的文字。

众人都认为近年来出版业的衰退和互联网的发达有关,叶丹对这种判断有自己的保留看法,她觉得根本原因是好的新书太少。那些欧美的翻译小说在谷歌翻译技术的摧残下都成了不精准、不优美的东西,造成了读者找不到可阅读书籍的局面。

到了周末,叶丹总算把山田这本书搞得像一本书的样子了,她确信经过她的这番重译和整理,这本书里的意思就能够原汁原味地传递到中文读者头脑中去了。

叶丹一直坚信,最好的翻译作品应该没有翻译的痕迹,就像原文作者直接用中文写出来似的,当然,任何含义都不能丢,全都要在里面。

做完一切,叶丹就把电脑里的稿子通过邮箱传给了山田,再把原先涂了很多蓝色水彩笔痕的稿件等材料快递给了山田,让山田知道她改了哪些地方,她会为自己重译的那些段落负责的,另外也让山田明白她这一周工作得太不轻松了。

后来,山田自然明白她在书中改了多少地方,也明白给她的钱太少了。大概是作为一种补偿,他后来和老婆在东京一家米其林五星级的法式餐馆请叶丹夫妇吃了一顿昂贵的法国大餐,两对夫妻共度了一个愉快的周末夜晚。

二、出版派对

到了第二年的五月,樱花树已经长出了绿油油的浓密的叶子,其他各类晚春的花朵也陆续绽放,山田这本书的中文版印出来了,山田公司还为这事儿举行了一个小型派对,并邀请叶丹夫妇一起去参加。

不巧,叶丹的丈夫正在四国地区出差,他事先打过招呼以后,叶丹就一个人去了。

那天晚上气温挺高,不像春天,更像夏天。叶丹穿了一件黑底小花的短袖连衣裙,额头上居然还不停地冒汗。

山田的公司位于银座靠近新桥的地方,他把派对安排在公司楼下的一个意大利风味餐馆里,这个餐馆不是很大,这天晚上就不对外营业了,全餐馆的人都为山田公司的这个出版派对服务。

这天是周五,大家可以尽情地喝,不用担心第二天上班的事儿。叶丹因为白天不用上班,所以相对来说到得比较早,不少人是下班后匆匆地从单位赶来的。

山田因为在美国待过十来年,所以他的做派很有点儿欧美范儿,和那些除了旅游从没有出过日本的人有很大不同。

派对上香槟酒、葡萄酒、啤酒都管够喝,叶丹因为是易醉体质,只喝了一杯香槟酒。她发现有一个高个儿穿平底皮鞋的中国女孩一杯接一杯不停地喝啤酒,估计她本来酒量就好,天气热,嘴巴干了,就在派对上用啤酒来解渴了。叶丹再一打听,知道她老家是山东威海的,现在在一家食品公司工作。

叶丹还问过山田那位陈博士有没有来,山田说他还没到。而实际上直至这个派对快结束时,陈博士都没有露过面。没看见陈博士这个神人让叶丹感到怪遗憾的。后来,她有点儿怀疑陈博士是不敢来了。

除了威海女孩,叶丹还看见有两个年轻的洋人,都显得文质彬彬,有点儿腼腆,山田熟练地和他们说着英语。

叶丹后来端了一盘子烹饪得很不错的意大利菜肴,边吃边说,混进了一群日本人中间。

这一小群日本人中有男有女,他们来自不同的公司,其实是在皇居参加跑步运动时和山田认识的。

叶丹和他们没话找话地瞎聊一顿。后来,她从一个模样打扮都很精干的姓木村的中年男人递给她的名片上发现,他是SL公司派在东京专搞促销的一家分公司的人。叶丹赶紧告诉他,自己曾给SL的现任老板翻译过一本名叫《预想未来》的书,其实她也是想借机显示自己不是傻头傻脑的家庭主妇。

木村听叶丹这么一说,跟她的话也就多了起来,他知道自己所属的这家上市企业的产品在日本和海外的市场上都是比较过硬的。两个人正聊得挺热火,一个看上去年近六十、穿着灰西服、有点儿胖的男人和另外两个年轻的男人一起到场了,山田等人迎上去给他们递了酒杯,互相问好。

坐在派对角落的木村指指那个老人告诉叶丹,说他就是SL公司现任老板的弟弟,等会儿自己还必须去向二老板进行一下问候。

叶丹小小地吃了一惊,倘若木村不说,她想象不到那个正在低调地笑着向派对上的一些人打招呼的不起眼的老头儿是那么有名的家族企业里的重要一员。

作为创业者的这种家族确实要比一般的家族有着突出之处,当然荣光更应该属于这个富二代已故的父亲,他才是真正的创业者。

不过,他们估计也都明白,一个企业领头人当然重要,里面的每一个员工也很重要,所以他们都不是那么高调,而是要谨慎小心地保持延续并扩展市场。

木村不久就去向那位SL老板的富二代弟弟打招呼去了,叶丹远远地看见靠墙站着威海女孩和其他几个男女,就端着盘子去和他们聊天了。

三、严少妇

这群人中有一个来自台湾的小伙儿,还有一个大陆少妇,见他们都是懂中文的人,叶丹就把自己带来的《真实的景象》分别送给了他们。借着山田的这个派对,她也想扩大点儿自己的影响。

快十点的时候,派对上的人们开始陆陆续续地离去,叶丹环视四周,心里估计自己最想瞅瞅的那位自称北京来的陈博士是不可能到场了,就微笑着向山田等人一一道了别,并向山田多要了几本书。她觉得这本阐述经营之道的书还是颇有价值的,山田很高兴地给了她好几本。

过了没几天,在派对上认识的那个姓严的少妇给叶丹打来了电话,她在电话里先说已经看了叶丹写的那本《真实的景象》,感觉很真实有趣,并想和叶丹见面聊聊。

叶丹立刻在电话里答应了,再一问,发现彼此住得不远,两个女人都在电话里笑了起来,最后她们定下了碰头的时间和地点。

碰头的日子是一个阴天,叶丹坐电车去了一个叫三轩茶屋的地方。严少妇的家在这儿附近,她还有两个正在上小学的孩子,所以只有在孩子们上学的中午前后的时间比较空闲。

那一天,容貌挺俊俏的严少妇穿着一件裁剪得挺宽大的布质藏青色连衣裙,这种打扮能让她彻底地融入当地的主妇群体。

后来,她们坐在一家可以随意添加的吃意大利面条和生菜沙拉的店里,慢悠悠地边吃边聊。

吃饭间,严少妇对自己和家庭的情况做了不少的介绍,而叶丹的情况在她写的书里已有不少描述,严少妇也不多打听了。

通过这顿两个人的午餐聚会,叶丹对严少妇的情况一共掌握了两点。

首先,严少妇的同样也来自中国的丈夫任职于日本一家著名的搞通信业务的大企业,一般来说,他不会失业,所以,严少妇一家四口在东京的生活是有保障并能维持小康水平的,这也能解释严少妇家住在三轩茶屋这样属于东京生活水平比较高的地区的原因。

其次,严少妇本身也是受过高等教育的女性,她虽然带着两个孩子生活忙碌,却不甘心脱离社会、天天围着锅台转,她以前曾经为企业做过一些翻译工作,那是帮一家台湾企业在东京开餐馆,这家台湾企业的日本合作方和山田的公司也有来往。

后来,严少妇问了叶丹怎么会与山田交往,叶丹就说是通过丈夫认识的山田,还把给山田校阅那本书的事情也告诉了她。

严少妇听了才说，山田本来是想让她校阅那本书的，她比叶丹更早看过那部翻译稿，后来她告诉山田，做这件事需要近一个月的时间才行，大概山田认为她太夸张了，因为山田不可能明白里面需要改动多少地方，便转头找了叶丹。

有点儿愣头青脾气的叶丹不可能明白这件事情里的周折，她以为应该义不容辞地帮山田一把，却不知道自己的行为打破了市场的价格。

恍然大悟之后，她连连向严少妇表示自己啥都不知道、啥都不明白，否则肯定不会去抢她的饭碗了。

严少妇也不是见钱眼红的人，她一点儿也没有责备叶丹，一方面因为这事儿已经过去了，另一方面她也知道责备叶丹毫无道理。

两个女人后来在三轩茶屋的地铁车站口分了手，严少妇的孩子们快放学回家了，她有很多的家务事儿要忙，叶丹则坐着地铁去涩谷转车，在涩谷车站边的一个大型食品超市，她买了几盒寿司，这天的晚饭她可以从简了。

这天晚上，丈夫回到家后，叶丹就把白天见到严少妇的事儿都说了，丈夫听了直笑，说叶丹虽然无辜，事实上是抢了严少妇的饭碗。

叶丹也觉得这事儿很有点戏剧性，如果她知道点儿情况，绝对不会去抢别人的活儿，更何况严少妇和她都是生活在异国他乡的同胞。

四、国民党老兵的故事

大约过了两个星期，叶丹在邮箱里看见那天在山田的出版派对上认识的台湾小伙儿发给她一条信息。小伙儿的名字叫万佳润,叶丹立刻给他回了一个短信,作为一种问候。

过了没几天,小伙儿又回信了,叶丹干脆建议两人一起见面吃个晚饭,由她请小伙儿在银座靠近有乐町的一家法式餐馆里喝点红酒聊聊天。小伙儿很快就回信答应了。

叶丹和万佳润见面的那个晚上凉风习习,东京晴朗的夜空中有时飘过一片片的云朵。银座边的JR有乐町车站一如既往地人潮汹涌,让人无法想象东京大部分的居住区其实都已经静悄悄的了。

叶丹比万佳润早到了一会儿,她刚审阅完菜单,万佳润就到了。他们为了减少麻烦,向服务员要了饭店里组合好的晚市套餐,还要了一瓶价格不算贵的红酒。

因为他们坐在靠窗的位置,侧一下脸便能看见银座的街灯和灯光下的各色路人。路人多半是下班后到银座的餐馆或咖啡厅吃饭散心或约会的男女职员,和白天在银座闲逛的主妇或退休闲杂人员完全不同。

万佳润也是下班后赶过来的,他在一家金融公司工作,手里提着一个黑色帆布公文包,穿着一件灰白条子的衬衫,不高的个子,瘦瘦的脸,皮肤有点儿黑,模样有点像一般中国南方男人,颧骨有一点高。

叶丹请他吃饭的目的是想问问他在台湾的出版界、文化界有没有人脉,后来当然知道他并没有这方面的关系。

在吃饭、喝酒、闲聊中,万佳润透露了一些自己的家世,让叶丹听了感到非常感慨。

关于万佳润的父亲,用台湾的称呼是一个外省人,他母亲则是本省人。

当年,也就是二战时期,万佳润的爷爷是南京政府一个专门写文书的小官儿,他随着国民党政府一起撤到了重庆,在撤退的时候,他带上了还是幼童的万佳润的父亲。至于他的妻子,也就是万佳润的奶奶,就和其他更小的孩子们一起留在了安徽老家。

八年的重庆生活也是很艰苦的,万佳润的爷爷最终没有看到胜利。他在重庆得病了,最终去世了,留下了年幼的万佳润的父亲。小孩后来被收进了当年由宋美龄主办的孤儿院,他在孤儿院的生活衣食无忧,还能受到教育。

后来,在国民党政府撤到台湾时,万佳润的尚在学校读书的父亲就和同学们一起从重庆去了台湾。

在台湾,他后来当了兵,部队驻扎在金门,在军旅生涯中吃了不少苦。从军队退役后,他做了一名公务员,娶了台湾出生的女人做妻子,也就是万佳润的母亲,万佳润出生了。

到了上个世纪的80年代,海峡两岸的人民可以走动了,万佳润和父亲一起回大陆探望了安徽老家的叔叔和姑姑,万佳润的奶奶已经不在人世了……

万佳润向叶丹叙述他的这个家世时语气非常平静,虽然内容在叶丹看来惊心动魄,关键是那种亲人间的骨肉分离,永远也无法弥补的遗憾……

叶丹估计,当万佳润跟随父亲回到大陆看见他安徽老家的那些亲戚时,已经是陌路人的感觉了。虽然说是血浓于水,可是对从小就没有见过面的人,除非有强烈的人文关怀,激动不起来也是很正常的。

万佳润平静地喝着杯里的葡萄酒,用叉子把盘子里的黄油煎鳕鱼送到嘴里,微笑地看着惊讶地睁大眼睛的叶丹。

闲聊了一些别的事以后,万佳润又告诉叶丹,他的父亲其实已经去世了,他晚年时常回忆起在金门当兵时的艰难困苦,还再三地嘱咐万佳润,长大一定不要做公家的事,也就是不要做公务员,不要从军。

事实上,万佳润在台湾上了大学以后又到日本的九州岛做了留学生,后来便在九州岛娶了他现在的老婆,老婆是个日本女子,他则留在日本成了公司的职员,母亲还在台湾生活。

叶丹觉得万佳润一家三代人的迁移史足可以用来写一部电视剧了,尤其是他的年幼时就变成了孤儿的父亲的际遇,特别令人唏嘘。

若干年后,叶丹在台湾旅游,去书店买书时,她曾遇见过一个二十多岁做店员的女孩子。在那家寂静的书店里聊了一段时间,女孩告诉她,她的爷爷奶奶都是1949年时从大陆来的国民党军队空勤人员,她的父亲是在眷村长大的,年轻时也当过兵,他们当年住的眷村是专门安置空军家属的。

叶丹说,曾经看过那个台湾作家赖声川写的话剧《宝岛一号》,是在上海看的,一个表演学院的学生们的毕业演出。

女孩听了非常感动,说没想到在上海还演过这部话剧,她的父亲也看过,坐在台北的剧场里边看边哭……

叶丹想,文学和艺术就像那种蝴蝶或蜜蜂,能让每个人的心灵建立起一种看不见的关系……

五、重逢黄都云和林道秀

夏天,叶丹回到上海后,去找了以前出过她翻译的那本《无聊的后果》的黄都云和林道秀,想请他们出版她写的《静夜 流水 星星》。

他们在一个名叫唐朝清风的茶室里见面。

这阵子,上海特别流行这种茶室,在里面,每个人只要付上不到一百元的钱,就能够泡上一壶茶不停地喝,还能自取各类菜肴和瓜子、点心、水果等。

叶丹知道黄都云、林道秀都是忙人,不可能有闲工夫泡在这个茶室里聊天,她是听王太太说黄都云一年前动过一次手术,身体不太好,觉得还是在茶室里请他们俩比较合适。

由于已经有近十年没见过面了,叶丹觉得黄都云和林道秀的样子老了不少,尤其是黄都云,看上去比以前更黑更瘦了,身板也有点儿弯了。林道秀的皮肤还和以前一样白,只是眼角多了些皱纹,她的神态和过去一样,一开口就满面笑容,保持着善于社交的风范和机敏。

服务员来了以后,三个人各选了一壶茶,叶丹因为想明明目,一如既往地给自己挑了一壶菊花茶。他们坐在一个放着很多室内植物的大屋子里,顶上是玻璃天窗,所以比较亮堂。

叶丹和林道秀边喝茶,边吃着蜜饯,嗑着瓜子儿,黄都云和大多数男人一样,不喜欢蜜饯、瓜子等小零食,他只是拿了一小盆荔枝,坐在茶桌边剥着皮慢慢地吃着。

叶丹说话开门见山,说已经写好了一本小说,正想找地方出版。听叶丹说了《静夜 流水 星星》的内容后,他们既没有露出很大的难色,也不是特别热心的样子。叶丹估计,他们的小事务所买卖既非特别红火,也还能维持下去。当然,她也不会直愣愣地打听他们的营业状况,只能怀着好奇心暗暗地揣摩。

大概黄都云身体不算好,林道秀承担了比较多的业务。后来,她让叶丹把小说稿通过邮箱转给她,叶丹便和她互相交换了邮箱地址。

主要的事情谈完以后,黄都云先走了。他的儿子前年给他添了个小孙女儿,平时由他的老婆带着,他有空的时候也要帮帮手。

后来,林道秀和叶丹坐在茶室里聊了一些家常和八卦,林道秀属于比较精明练达的女人,虽然年纪比较大了,思想却远比她的同龄人来得新潮,这和她这些年搞的工作有些关系,和她在一家国企做高管的丈夫的社会阶层也有些关系。

她告诉叶丹,她和当年同学圈的人们也有些来往,只是她们中的大部分人都过着相当节俭的生活,她有时会请她们吃饭或送些东西。

聊到后来,叶丹和林道秀发现彼此居然认识同一些人,两个人都忍不住大笑这个世界竟然这么小。

到了下午四点来钟的时候,她们便离开了茶室,分别回家忙家事去了。

八月底的时候,叶丹已经在准备行李回东京了,林丽给她打了个电话,告诉她谢小双可能会在十月份的时候领着一个文化系统的团队去东京,届时可能要叶丹领个路、为他做做翻译啥的,叶丹想了一下,觉得那时自己是有空的,就满口答应下来了。

和儿子一起回到了东京以后,叶丹先把《静夜 流水 星星》又重新看了一遍,修改了一些地方,并把这本书的封面设计想法也都写了下来,一并发给了林道秀。

林道秀在回件里告诉她,这本书在明年春天估计能出版。叶丹在回件时向她表示了感谢和欣慰。

觉得这事儿进展得挺顺利的,叶丹反而在静夜里有些不安,不过她又觉得自己的这种心态太莫名其妙了,就像过惯了苦日子,天天饭也吃不饱的人突然过上了好日子,天天山珍海味反而会不习惯,会产生不真实、不安定的感觉。

六、三方会议

到了十月底的时候,东京一带的枫叶都已经开始红了,叶丹在家接到了谢小双的电话,他说早在十五天前就已经到日本了,先是大阪,再是京都、奈良,又去了富士五湖,还有箱根,最后一站是东京。后天他可以自由活动,想让叶丹给他带个路,做做翻译。

他的代表团住在浅草附近,另外有一个女人是头一回来东京,是他在上海的熟人,她住在新宿车站附近,后天上午他得先和她会合,再一起行动。叶丹得领着他们,把他们领到一个位置在目黑的名叫"文化潮流"的日本出版社,另外有一个韩国的出版社的小队人马也将抵达那里,这样中、日、韩三方的人将举行一次聚会,叶丹得全程陪同。

本来,叶丹以为谢小双需要她陪着他在东京观光、购物啥的,结果看来不是这么回事儿,而是比较正经的事情,不过叶丹没有推辞,在电话里一口答应了下来。

到了这一天的上午,叶丹忙完家事就出门了。

浅草离她家住的地方挺远,中途还要换车才行,叶丹头一天仔细地算了算抵达谢小双那个代表团下榻的浅草的宾馆需要多长时间,以免到得过早或是迟到了。

反正东京的电车一向挺准,见到谢小双的时间正是他们前一天在电话里约定的十点整。

叶丹和谢小双也有一段时间没见了,看上去他好像胖了一些,头发有些稀疏并白了不少。

两人寒暄了几句,谢小双说了点这个代表团的事儿,它主要还是为了参加东京的一个出版方面的展示会,现在这个任务已经结束了,谢小双可以自由活动了。他说和他住一个房间的南京男人一大早就跑出去了,大概是寻亲访友去了,虽说这些日子一直和这个南京男人住一个屋子,却从来没有说过啥交心、交底的话,谢小双觉得这个男人有些地方怪奇葩的,可能因为他头一回出国,见的世面太少了。

叶丹听着谢小双细数那个男人的种种小毛病、怪习惯,不由自主地嘿嘿直笑,她以前就知道谢小双很会侃,也知道文化界有不少男人的性格古里古怪。

会侃的人都容易和人沟通,谢小双就是这样的人。这天有熟人叶丹陪着,他显得心情放松,在从浅草驶向新宿的电车上,他有时好奇地四处张望,有时向叶丹打听东京的各种事情,包括房价、老百姓的薪水等。他还告诉叶丹,他们两人现在将要去接头的女人名叫罗娇,她本来不是上海人,是武汉人,从武汉考到上海的一所师范大学,毕业后没有当教师,先进了一家出版社,去年独立开了一家小公司,可以算是女企业家或者叫女老板,只是她的公司非常小,他曾经去过,在浦西一幢旧房子的一间屋子里,雇了几个年轻女孩,有几台电脑,做一些图书出版的前期工作。

到了新宿,叶丹和谢小双一起找到了罗娇,她站在东新宿歌舞伎町入口旁的露天电视屏幕下,这也是普通东京人约会碰头时喜欢选择的一个地点。

叶丹没想到,罗娇是一个长得非常瘦小灵活的女人,后来才知道她已经有四十岁了,可是看上去顶多三十岁的模样,她穿着一条白底黑花的小短裙,上身是一件浅灰色的绒衣,裸露在秋风中的小腿挺细,眼睛挺大,脸形有点儿方。

见到叶丹,她微笑着和叶丹打了招呼,叶丹也向她说了一些问候的话。谢小双没有多说什么。

站在行人川流不息的东新宿街头,三人讨论了一下今天的计划,叶丹也弄明白了他们的要求,重点是在下午四点前必须到达那家位于目黑车站附近的"文化潮流"出版社,这之前也就是陪他们逛逛街、吃吃饭。

第一次来日本的罗娇说要买些价廉物美的化妆品,叶丹说这很好办,立刻便领着他们去了一家连锁性质的药妆店,这类商店在新宿多得几乎可以说是满目皆是。

进了这家一共有三层的面积不大的店以后,罗娇立刻便拿着塑料筐在货架上寻找了起来,叶丹和谢小双则在店里转悠着消磨时间。

过了不到半个小时,罗娇就买好了她所想要的东西,一些化妆品,还有眼药水等,既有给别人带的,也有她自己用的。

这时已经接近中午十二点了,叶丹便领着他们去了一家大百货公司的楼上,那儿开着不少餐馆,叶丹在路上就向他们声明,今天要请他们吃一顿日式的午餐。

餐馆菜单上的彩色照片拍得很清晰,三个人向服务员要了各自挑选的定食,没多久,五颜六色摆放得很美观的定食就送到了他们的桌前。

他们坐在一张长方形的餐桌边,叶丹一个人坐一边,她的对面是罗娇和谢小双,当时她并未感觉有什么诧异,再说她连静静思索的机会也没有,因为要忙着和他们两个人对话,谢小双不再侃了,罗娇的话却不少。

罗娇对着叶丹说了些刚来上海上大学的事儿,又说她在武汉还有个弟弟,和父母住在一起,弟弟比她小了八岁,却和她一样也是单身,把父母都给急坏了。

　　罗娇就这样自然而然地道出了自己的独身身份,叶丹只是茫然地听着她说,有时朝她笑笑,她一直认为凡是开公司做女老板的都属于智商挺高、能力超群的人,说话的内容都是经过大脑一番思考的。

　　谢小双一改往常,变成了有点儿沉默寡言的男人,他偶尔朝着叶丹说两句,和罗娇之间基本没有对话。

　　后来,叶丹在回想的时候才觉出了蹊跷。

　　本来,谢小双和两个都比他年轻不少的女人一起吃饭逛街应该挺开心的,他的天性是很饶舌的,在她们面前要夸夸其谈才合乎天性,可是他反而沉默了。而罗娇也没有同谢小双说什么话,她只是滔滔不绝地对叶丹说,仿佛她和谢小双有啥隔阂。

　　一般来说,在这种一男两女的场合,都会是两个女人串通起来拿这个男人开开玩笑,而被比自己年轻的女人开玩笑的男人都不会生气,即使露出受欺的苦笑,他心里也是很开心的。

　　叶丹如果想活跃气氛的话,就可以开开谢小双的玩笑,那样罗娇大概也会加入,形成一个更有趣的轻松的场面。

　　可是,叶丹觉得对眼前的局面心里没底,尤其是罗娇,今天刚认识,说话应该谨慎些。

　　总体上,他们这顿午餐吃得并不是很沉闷,对于谢小双和罗娇来说,周围的异国情调和到了嘴里的各种菜肴都新鲜而有趣味,所以都显得兴趣盎然。

　　饭后,他们走在新宿的大街上,叶丹见他们没有什么购物兴趣,时间却还早,就建议大家一起去喝点咖啡。

叶丹带着他们走进了离JR新宿车站很近的一家西式咖啡馆,从里面透过玻璃门能看见大街上的各色行人,三个人边喝咖啡边吃蛋糕聊天,消磨着下午茶的一段悠闲时光。

过了一段时间后,叶丹表示应该出发了,她在心里掐算过,现在大家一起走,到那家出版社就该是四点多了。

东京午后的天空变得阴云低垂,地面上凉风习习,叶丹结了账,谢小双和罗娇跟在她后面,离开咖啡馆一起走向车站。

坐电车到了目黑车站,三人下了车,就一起去找到了那个历史悠久、颇有些名气的"文化潮流"出版社。

七、晚　宴

出版社在一幢外表不起眼的不高的楼房里,进去以后,他们很快就找到了月刊杂志的编辑室,和中国的编辑办公室样子差不多。

总编辑是一个四十岁模样戴眼镜的小个子,长得很精干,体态灵活。他以前去过上海,见过谢小双,和罗娇及叶丹是头一回见面。另一个男人比总编辑显得更加年轻,他俩都拿出了名片,总编辑姓早川,年轻编辑姓高培。

叶丹还拿出了几本自己写的《真实的景象》,她也想借这个机会宣传一下自己。

不久,另一拨人马也到了,这是来自韩国的一个小小团队,总共有四个人,三个女的一个男的,里面一个最年轻的女孩二十来岁,其实下午已经通过谢小双的手机和叶丹对过话了。谢小双告诉叶丹,说她大学毕业不多久,念大学时曾来过东京,在早稻田大学留过一年学,所以会说日语。这个韩国女孩面容可爱,皮肤白里透红,娇嫩得仿佛吹弹可破。

不过,这个韩国小团队里的主要人物是一个长发披肩的健壮男子,三四十岁的样子,像一个摇滚青年,身材高大,皮肤略黑,穿一件白色的针织衫,一根长长的金属项链挂在他胸前,身材又像一个篮球运动员。他和那种韩剧里的小鲜肉完全不同,也没有文化人身上那种酸腐气。

叶丹看得直眨眼睛,各种问号和感叹号在脑子里奔腾而过,后来她才知道,他虽然和那些韩剧里的小鲜肉完全不是一个模样,实质上却是一个公子哥儿。

吃惊归吃惊,叶丹还是没有忘记把自己中文版的《真实的景象》送给韩国小团队的人,丝毫也不考虑他们其实看不懂中文。她只是想,他们若真想知道里面说啥,回韩国不愁找不到懂中文的人。多年前,她曾和丈夫、儿子一起去韩国旅游,那时首尔还叫汉城,在大街上,他们曾向一个韩国少女问路,可是这个少女居然会中文,她说她去北京留过学,叶丹一家三口都吃惊地瞪大了眼睛。

不过,叶丹这样做虽然是为了宣传自己的作品,其实也是为了向大家表明自己并非只是个业余或专业的翻译,有点儿像一种身份的证明,彰显自己的文化素质。

早川总编辑见两路人马都已经到齐了,就告诉大家接着要去一个异国风味料理店,在那儿可以谈工作、喝酒、吃晚饭,去那儿要稍微步行一段，由他带路，大家只要跟着他走就行了。

叶丹和韩国小女孩忙分别把他的日语翻译成中文和韩文，让自己那路人马听懂。然后，大伙儿便一起跟着早川上路了，时间渐近黄昏，阴沉的天空落下了细小的雨滴，有点像上海人俗称的毛毛雨，大家全都打起了伞。

这支小队伍蜿蜒行走在东京旧区的窄路小巷里，大家跟着早川拐了几个弯儿，当他们途经一幢看上去很平凡不起眼的民房时，早川指着它告诉大家，这是一个历史很悠久的小旅馆，挺有名气，因为当年某某某某和某某某等大文豪曾在里面长期居住，并在里面从事过创作活动。

叶丹和韩国小女孩又分别用中文和韩文把早川说的这些话复述了一遍。

步行了十来分钟后，他们抵达了一家比较宽敞却装饰得挺随意简单的餐馆。早川他们事先已经预定了今晚的晚餐，餐馆的服务员早就布置好了一个长长的餐桌，大家便各自入席了。

关于那天晚上的席位，叶丹后来一直没忘。毕竟，那是叶丹参加过的一个特殊宴席。

当时，宴会的主人早川坐在长桌的顶头，这是西洋习惯的主人座。在他的左右，谢小双和韩国男人面对面坐着。谢小双旁边是叶丹，韩国男人旁边是在早稻田留过学的韩国小女孩。叶丹专门为谢小双翻译，韩国小女孩专门为韩国男人翻译。

估计早川是从东京相当一流的大学毕业的，受过很完备的教育，他张口先说了几句英语，却没有人接茬，说明谢小双和韩国男人的英语都不咋地，早川内心肯定有点儿失落。

像摇滚青年的韩国男人的英语肯定不咋地，至少没到敢开口的程度；至于谢小双，凭他的经历，叶丹估计他不可能有扎实的英语对话能力。

但是，他们今天却各带一个女翻译，即使叶丹属于临时拉来的，也要比早川更有点儿气场。

早川要和谢小双沟通就要通过叶丹，他和韩国人沟通就要通过那个韩国小女孩。其实，在偌大的一个东京城里，他不会找不到既懂韩语又懂中文的人。

"文化潮流"出版社是一家历史悠久的公司，员工中没有懂中文和韩文的人有点奇怪，也显得和时代潮流不太符合。

这个三方会面其实筹划已久，早川没有带个翻译来，哪怕是去租一个也行，也能替他长长威风，这恐怕跟他和他的公司想省钱有极大的关系。

后来，谢小双告诉叶丹，这个韩国男人姓朴，他的父亲是韩国一家排名数一数二的出版社的老板，因为他不是长子，所以将来不可能像他哥哥那样继承家业，所以他就另辟蹊径，自立门户，独自成立了一家小出版社。现在，这家小出版社在韩国出版业的排名大约在第十位。

韩国小出版社办了一份文学双月刊，这份杂志还处在幼儿期。

谢小双和早川的公司各有一份文学双月刊,早川公司的文学双月刊历史相当悠久,在当年的日本曾经是人人皆知,谢小双公司的那份双月刊也算有几十年历史了,不过真正大量发行也就是在上个世纪的八九十年代。

眼下,这两份老牌杂志由于阅读者日渐稀少,颇有点儿像那种迟暮美人,只剩下了大量的美好回忆。

在这两份爷爷辈的杂志面前,这个出身于韩国出版世家的少公子很有点儿初生牛犊不怕虎的气魄,他构思了一个崭新的方案。

叶丹觉得他的气魄和韩国这些年文化艺术界营造的冠名为韩流的巨大气场有关。在东亚,本来就有着不同于欧美文化的或称为儒家或称为儒教的文化思维,没想到用通俗易懂的文学艺术形式把这种思维展现输出给地球人看的居然是韩国,好比一面大旗由家族中最小的一个男孩扛着冲出了大门。

合作方案很简单,就是说,三方请各自国家的一名已经出了名的作家,在三份双月刊上同步发表三篇小说。当然,这些小说都要再请人进行翻译。

这天晚上,他们的大部分话题都是围绕着这件事儿展开的。

早川给大家叫的都是啤酒,菜肴都是些经过日本厨师改良之后能迎合日本人口味的马来风味、泰国风味、越南风味的下酒菜。

大家先干杯,然后早川发表开场白。叶丹就忙着把早川的话翻译给谢小双听,韩国小女孩同样忙着翻译给韩国少公子听。

早川说完后,谢小双开始发言,他本来就喜欢侃,话匣子打开之后容易滔滔不绝。他还喜欢说些辞藻华丽的语言,叶丹就一边翻译一边自作主张地把他的话整理成有实质内容的、更精练的发言。再说,她根本无法找到和谢小双所说的带有大量修饰的相对应的日语。

叶丹一直坚信,口译的关键是时间、地点、人物、数字都一点儿也不能错,其他差不多就行。

早川是很认真的,他仔细地听着叶丹的翻译,韩国少公子则要通过韩国小女孩把叶丹翻译成日语的谢小双的发言再翻译成韩语,才能知道谢小双说些啥。

三个男人的交替发言都要由叶丹和韩国小女孩像蝴蝶传花粉似的进行相互传递才能沟通,两个女人边动脑筋边说,根本连拿筷子的时间都没有。

叶丹毕竟岁数大,对日语也很熟悉了。再说,这天她是不收报酬的友情翻译,心理上没有任何负担,尚能保持有说有笑的状态。

韩国小女孩就不同了,她只来日本留过一年学,韩国少公子是她的老板,她干的是自己的职业。

叶丹后来一直没有忘掉那个韩国小女孩紧张的神态和有些惊慌的眼神,还有因为汗水总是显得潮湿水嫩的脸。谢小双和朴老板的对话必须通过她们两人的对接才能完成,而韩国小女孩对自己的日语底气不太足,叶丹就试图鼓励她,告诉她说得已经很好了,她后来告诉叶丹她姓金。

谢小双作为大叔辈,对芳华之龄的金女孩颇有英雄爱美般的怜惜之情,他苦于语言不通,只好让叶丹传递他的心声,言辞也不能太热烈,只能简单说她是个看上去很可爱的小女孩。和那些韩剧的女星一样,她通过叶丹听了这恭维话后朝他笑一笑,心中毫无闲置的空间来容纳这种男人的捧场,她神态依旧是严肃的,眼神依旧是紧张的。

叶丹尽管比韩国小女孩从容一些,也和她一样压根儿没时间吃东西。因为只要三个男人中有一个开口说话,她们两个人就必须翻译了。这样差不多折腾了一个多小时,又先后来了两个新的人。

其中一个新人的到来,让叶丹一下子轻松了。

八、中文通

新来人接近六十岁的样子,瘦高个儿,穿了一身笔挺的黑西装,同餐桌边的人们显得格格不入,因为大家的穿着打扮都带点文艺范儿,或是汗衫,或是皱皱的布衬衫。

这个人其实是来和谢小双见面的,同今天的晚宴内容没有任何关系。

他头发梳得一丝不苟、胡子剃得干干净净的样子像在企业界混的人,后来叶丹才知道,他真的在企业界混了好几十年。

真正让叶丹吃惊的是,他不用叶丹来翻译,直接就和谢小双说话了,还是非常溜的普通话,带有一点儿好听的京腔。

后来叶丹得知,他姓松元。

松元一来,叶丹就挪动了自己的座椅,让松元坐在了谢小双的旁边。松元的中文那么好,他完全能够替代叶丹。叶丹终于能够吃点饭、喝点酒了。

谢小双先忙着和初次见面的松元对话,关于三份杂志的工作会谈等于被松元的到来打断了。

早川看上去有些落寞。金女孩也和叶丹一样拿起筷子吃两口菜了,不过,她不可能像叶丹一样从晚宴上的翻译任务中彻底脱身,少公子依旧需要她来为他与别人沟通。

叶丹觉得口干舌燥,就猛喝了几大口啤酒,嗓子眼儿顿时一阵清爽。接着,她又感到已经饥肠辘辘,就连续吃了两根香喷喷的越式炸春卷。春卷全部下肚后,她觉得还不满足,又和着啤酒吃了一些泰式虾仁炒米粉,空荡荡的肚子有了满足感,然后她才把注意力从食物转向了桌边的其他人。

她看见金女孩也在咬一根春卷,松元和谢小双相谈甚欢,早川有点儿不爽的样子,朴公子不说话,心里想啥表面上看不出。

三方会谈的突然中断是谢小双的责任,并不是说松元这个新来的人不可以突然挤进这个晚宴,但是谢小双起码应该向早川及朴公子打一声招呼,说明一下松元这个人物的来龙去脉,就不至于让他们感到太突兀。

可是,谢小双没有这么做,可能他觉得在这样一个"三国演义"般的宴会上再多个天外来客更能锦上添花,特别是松元和他也是头一回见面,在这个外国的土地上,他本来就是客人,需要主人多多包涵才对。

因为松元的到来,叶丹的座位移向了长条桌的当中,她对面坐的人由韩国小女孩变成了韩国小团队里的一个看上去四十多岁的妇人。叶丹估计,她是这个韩国小出版社里一个类似总编辑的人物,只见她穿着黑色系列的衣服,容貌看上去在年轻时应该也是个美女,两片薄薄的嘴唇上涂着深红色的口红,神态上还有股傲气。特别是在她涂着深红色指甲油的手里拿着一根香烟,香烟还插在一支很有派头的黑烟嘴上。

她和早川的部下高培及罗娇等人的交流都是用英语。叶丹看着她,不由得在脑子里浮现出如今常被网上写手们翻出来津津乐道的那些民国时的名女人,比如陆小曼,比如林徽因,比如萧红、丁玲。尤其是陆小曼,当年扛着一杆大烟枪的女人。

大概在儒教气氛仍很浓厚的韩国社会,这个能和男人平起平坐的女人有着一种贵族般的优越感。

叶丹因为自己的英语像提不起的豆腐,所以闭口,只听他们在说些啥,没想到罗娇却没有让她闲着。

大概罗娇的英语并不是怎么好,她要叶丹帮帮她的忙。当然叶丹一个人也帮不了她,要金女孩一起来才行。

叶丹和金女孩共同努力在罗娇和韩国女总编之间传递了几次话后,叶丹终于明白罗娇这天晚上也在忙着她自己的公司业务。

罗娇的公司业务其实也很简单,就是替一个挺大的国营出版公司向韩国的出版社购买书籍的版权。

后来,叶丹只记得一个数字让她很震惊,她也忘了这个数字是从朴公子还是韩国女总编那儿听到的了,就是说有一个在韩国挺有名的作家的一本小说的发行量是60万册,考虑到韩国的人口基数远远低于中国和日本,这个数字实在不算小。

在松元出现半个多小时以后,又来了一个日本男人,看上去三十来岁,小个子,穿了一件灰色的针织衫,很爱笑的样子。

他坐在叶丹对面的桌边,看上去和韩国团队的人以前见过面,好像他的英语也不咋地,根据他们的对话,叶丹明白了他是一个作家,最近写的一个名为《小偷》的小说挺火。只见他一根接一根地抽着烟,样子很活泼,叶丹觉得他的笑声不是特别自然,怀疑他在用假装的放松来掩盖内心的焦虑或者羞怯。

叶丹理解这样的人,爱写作的人往往比较内向,脸皮其实比一般人更薄,可是如果外表像本性一样腼腆扭怩的话,就害怕成为笑话,所以他必须有一套演戏的本领,把自己打扮成满不在乎轻松活泼的人,他的这种样子也许能骗得了别人,肯定是骗不了叶丹的。叶丹觉得这种文人表现得太活泼、太轻松就一定有假,和那种古代战场上的武士刻意地把自己包裹在厚重的盔甲中是一回事儿。

《小偷》作者到来之后又过了将近四十分钟,漫长的晚宴终于结束了。朴公子宣布,接下来他要请大家去新宿的酒吧喝酒。

大家离开了这家多国风味餐厅,一起朝着地铁车站走去。

天上的小雨仍然在轻轻地滴落,叶丹感觉浑身疲惫,她看见松元兴高采烈地在谢小双身旁走着,认为接下来由他做谢小双的专属翻译一点儿都没问题,就在地铁车站里告诉谢小双,自己要脱离这支队伍先回家去了。

朴公子看见叶丹要告辞了,就和金女孩一起朝叶丹走来,他说了一些话让小女孩翻译给叶丹听,意思是他将请大伙儿去新宿的酒吧喝酒,欢迎叶丹也一起去。叶丹只好先向他表示感谢,声明自己要先回家,很可惜不能和大家一起去喝酒了。听了小女孩的翻译后,他便很诚恳地要小女孩告诉叶丹内心的惋惜之情,并祝叶丹未来安好。

一年以后,让叶丹没有想到的是,那位松元先生给她寄来了一本他在谢小双介绍的出版社里出版的书,这本厚厚的历史小说居然全部是用中文写的。

更令叶丹感到汗颜的是,整本书体现出松元对这段中国历史的了解远远地超出了她。很明显,他的中文水平不是一般的牛。

后来,叶丹在东京离家不远的车站前咖啡馆里和松元见了面。

他们通过邮箱聊了以后才知道,彼此的家相距不远,虽然属于不同的区,可是这两个区是相邻的,都在东京的西面,都拥有绿色的田园景象。

在目黑的那天晚上人声鼎沸,叶丹和松元没有交谈过,现在他们坐在静悄悄的咖啡馆里,两个人都从容镇定了。

虽然没有像那天晚上似的穿一身笔挺的西装,松元给叶丹的感觉还是更接近于那种行事作风有规有矩的企业员工,与喜欢过放浪形骸生活的文人骚客相距甚远。这一点比较合乎叶丹的心意。

两个人随意地聊着,互相交换信息。叶丹也没有打听,松元就主动说出了自己精通中文的缘故。

他当年还是一个五岁的小孩,邻居是一个北京出生的华人,这个华人一直教他学习中文,使他能说一口字正腔圆带京味的中文。

到了大学时代,他考进了日本最拔尖的那所大学,一口气读到了博士,专攻中国唐朝时期的某段历史。

不过,他最终没有拿到博士学位,因为赶上那个时期中日经贸关系大发展,他在企业的高薪诱惑下离开了研究室。

在中日经贸行业,他一干就是好几十年,直到退休,才拾起了自己心爱的老本行,一边进行历史研究,一边写作……

在咖啡馆和叶丹聊天时,他坚持使用中文,光这点对叶丹来说就是崭新的体验了,她在日本生活了几十年,从未遇见过如此精通中文的日本人。

尾　声

大约在谢小双和罗娇他们离开了东京两个月之后,叶丹的担心成了现实。

那天上午,坐在东京家中写字桌旁的叶丹打开电脑进入邮箱,立刻看见了林道秀发给她的一封邮件。

邮件上写着,他们在广东的那家出版社出事儿了,上海的这个办事处也得关门了。叶丹的《静夜 流水 星星》只能另外再找别的出版社了。

叶丹郁闷极了。后来,她接到了当初介绍她认识黄都云和林道秀的王太太打来的电话,她也知道了黄都云的小办事处关门的消息。

王太太听说叶丹在为《静夜 流水 星星》的出版犯愁,就建议她去香港找找机会,她和丈夫做生意经常去香港,在那儿认识不少人。

叶丹觉得这也是个好办法。

第二年的二月初,寒冷的早春季节,叶丹买了东京飞香港的机票,独自踏上了新的旅程……